U0711494

Dubliners

James Joyce

* * *

[爱尔兰]

詹姆斯·乔伊斯

著

姜向明

译

都柏林人

广西师范大学出版社

·桂林·

小阅读 · 经典

目录

001　姐妹俩

012　遇见

023　阿拉比

031　伊芙琳

038　赛车后

046　两个浪子

059　寄宿公寓

068　一小片云

087　如出一辙

101　泥土

109　一桩惨案

121　委员会办公室里的常春藤日

145　一位母亲

161　恩典

192　死者

姐妹俩

这次他没有希望了：已是第三次中风。一夜又一夜，我走过这幢房子（现在是假期），看着它掩映灯光的方窗；一夜又一夜，我发现灯火始终微弱而匀称。如果他死了，我想，我会看到烛火反射在灰暗的百叶窗上，因为我知道，肯定会有两支蜡烛点在死者的床头。他常对我说，"我留在世上的日子不长了"，但我并不把他的话当回事。现在我知道了，他是认真的。每天晚上，在我凝视那扇窗户时，我都会柔声地对自己叨叨"瘫痪"一词。听上去总是怪怪的，就像欧几里得几何学术语里的"罄折形"，或者教义问答里的"买卖圣职罪"。可现在，我觉得它听上去就像某个邪恶的罪犯的名字。它让我充满恐惧，但同时我又渴望更接近它一点，好看看它是如何致人死命的。

我下楼吃晚饭时，老科特正坐在炉火边抽烟。不一会儿，姨妈为我端来了麦片粥，此时他开口说话了，就像是在继续刚才说的什么话题：

"不，我不是说他就是个……但他身上总有点怪……有点古怪之处。我要告诉你我的看法……"

他开始抽起烟斗，无疑是为了在脑子里整理自己的看法。讨厌的老傻瓜！我们刚认识他的时候，他还是个相当有趣的人，喜欢聊酒糟和冷凝之类的事；但我很快就厌倦了他，以及他那喋喋不休的关于酿酒厂的话题。

"对此我有自己的看法，"他说，"我觉得那是一种……怪病……不过也很难说……"

他又开始抽烟斗，并没有告诉我们他有何高见。我姨父看见我瞪着他，就对我说：

"我说，你的老朋友过世了，你听到这个消息一定很难过吧。"

"谁？"我问。

"弗林神父。"

"他死了吗？"

"是科特先生刚刚告诉我们的。他刚巧路过那幢房子。"

我知道他们都在看我的反应，于是我继续吃我的饭，好像对这消息不感兴趣似的。我姨父向老科特解释：

"这个小年轻和他是好朋友。那位老兄教会他很多，你知道，人家都说他对这孩子抱很大的希望。"

"愿上帝庇护他的灵魂。"我姨妈虔诚地说。

老科特看了我一会儿。我觉得他那双小而有神的黑眼珠子在观察着我，但我依旧低头吃饭，就是不满足他的好奇心。他接着抽烟斗，最后还粗鲁地往火炉里啐了一口。

"我可不愿意让我的孩子，"他说，"和这样的人有过多的往来。"

"你什么意思，科特先生？"我姨妈问。

"我的意思是，"老科特说，"这对孩子们不好。我的看法是，年轻人就应该和他的同龄人一起闲逛，一起玩耍，而不应该……我说得对吗，杰克？"

"那也是我的原则，"我姨父说，"让他学会怎么样去解决问题。这也是我一直对我们这位玫瑰十字会①教徒说的：要多锻炼。你比如，我小时候每天早上都要洗冷水澡，不管是夏天还是冬天。我到现在还保持这个习惯。教育是很好，很重要……科特先生也许想来一块羊腿肉。"他对我姨妈说。

"不，不，我不要。"老科特说。

姨妈从碗橱里拿出一只碟子，放在桌子上。

"但你为什么认为这对孩子们不好呢，科特先生？"她问。

"这对孩子们不好，"老科特说，"因为他们的脑子太容易受影响。当孩子们看到这样的事情，你知道，它就会产生一种影响……"

我往嘴里塞满麦片粥，生怕我会出言不逊。讨人嫌的红鼻子老不死！

我睡着的时候已经很晚了。尽管我对老科特很生气，因为他言下之意是我还是个小毛孩，我绞尽脑汁想弄明白他那句没

---

① 中世纪末期的一个欧洲秘传教团，以玫瑰和十字作为它的象征。

说完的话的含义。在黑暗的房间里，我想象自己又看到了瘫痪者那张死灰色的脸。我把毯子拉过头顶，拼命去想圣诞节。但那张灰脸紧紧地纠缠着我。它咕哝着；我知道它想要坦白什么事情。我感觉我的灵魂正在退缩到一个既快乐又堕落的境地，然后我发现那张脸又在那里等着我。它嗫嚅着开始向我坦白，我不知道它为什么不停地微笑，它的嘴唇为什么湿嗒嗒地沾满唾沫。但随后我想起它已经死于瘫痪，我觉得自己也在无力地微笑，就好像我在赦免他那买卖圣职的罪行。

第二天早晨，吃完早饭后，我下楼去看大英街的房子。这是一家不起眼的商店，连店名都含糊其词，叫什么"绸缎庄"。绸缎庄里出售的主要是儿童短靴和雨伞；平时，商店的窗户上常常会贴一张字条，上面写着：伞面换新服务。此时看不见那张字条，因为百叶窗已经拉上了。一束黑纱做的丝带系在门环上。两个穷女人和一个送电报的男孩在看别在黑纱上的一张卡片。我也凑上去看：

1895 年 7 月 1 日 ①

詹姆斯·弗林牧师（生前供职于米斯街圣凯瑟琳教堂），享年 65 岁。

愿他安息

---

① 7 月 1 日为基督宝血节，是罗马天主教纪念耶稣为了拯救人类被钉死在十字架上流血牺牲的法定节日。

看了那张卡片，我确信他是死了，而我不安地发现自己陷入了困境。如果他没死，我就会走进商店后面那间昏暗的小房间，看见他坐在炉火边的扶手椅上，穿着厚厚的长大衣，几乎要把自己闷死。姨妈也许会让我带一袋精烤牌鼻烟给他，这份礼物会把他从麻木的昏睡中唤醒。把它装进黑色的鼻烟壶里的活总是由我来干，因为他的双手抖得太厉害，让他做肯定会把一半的鼻烟撒到地上。甚至在他把颤抖的大手举到鼻子前，都会有一些鼻烟粉顺着他的手指落到外套上。可能正是因为这些不断飘落的鼻烟雨，使他那件穿旧了的牧师长袍呈现出一种绿锈色，而那块他用来掸掉衣服上坠落的烟末的红手帕，也因为上面积满了一周的鼻烟而黑乎乎的，因此只能是越掸越脏了。

我想进去看看他，但我没有勇气敲门。我慢吞吞地走在向阳一侧的街道上，边走边看商店橱窗里贴着的每一张舞台演出广告。我感到奇怪的是，无论是我还是今天的天气，似乎都没有什么哀悼的气氛，我甚至因自己身上有了一种自由感而感到恼火，就好像他的死使我摆脱了什么东西的束缚似的。我思考着这件事，就像我姨父昨天晚上说的，他确实教了我很多东西。他曾在罗马的爱尔兰学院进修，他教我拉丁文的正确发音。他给我讲地下墓穴的故事，讲拿破仑·波拿巴的故事，他向我解释了各种弥撒仪式、牧师们所穿的各类法衣的不同含义。有时为了取乐，他会问我一些很难回答的问题，比如一个人要怎样做才能够适应环境，或者这样那样的罪行是属于罪大恶极呢，还是情有可原，或者是只能算是个小缺点。他的问题告诉我，教会的有些制度是多么复杂多么神秘，而我原先一向以为它们是最单纯的条例。牧师对圣餐仪式和告解室的保密所负有的责任如此重大，以至于我怀疑是否有人曾鼓起勇气主动去承担过；当他告诉我教堂里的神父们为了阐明这些复杂的问题，曾写过像《邮政指南》那么厚的书，而且像报纸上登出来的法律公告一样字印得密密麻麻的，我也没有吃惊。每当想到这一点，我就会无法回答他的问题，或者只能给出一个非常愚蠢又片面的答案，对此他的反应基本是莞尔一笑，点几下头。有时他会考我弥撒时说的祈祷文，就是他之前让我背诵的；在我像小和尚念经似的背诵时，他总是若有所思地笑着点头，然后轮流往每只鼻孔里塞大撮的鼻烟。微笑时，他常常会露出他那发黄的大牙齿，舌头伸出来舔着下嘴唇——这一习惯在我刚认识他、对他还不是很了解的时候，常令我感到不安。

走在阳光下，我想起了老科特的话，我努力去回忆在梦里后来又发生了什么事。我想起来我看见了长长的天鹅绒窗帘和一盏古董似的吊灯。我感觉自己置身于一个非常遥远的地方，那里的风俗习惯很怪——大概在波斯，我想……但我记不清梦的结尾了。

傍晚，我姨妈带我去他家吊丧。那是在日落之后；但是朝西的窗户上还是映出了一大片暗金色的云彩。南妮在大厅里接待了我们；对着南妮大声寒暄是不符合礼仪的，所以姨妈只是和她握了一下手。老妇人试探地向上指了指，我姨妈点了点头，于是她吃力地领我们走上了那条狭窄的楼梯。她低着头，几乎还没有楼梯扶手高。刚到楼梯口她就停了下来，招呼我们鼓起勇气走向那间开着房门、停着尸体的房间。我姨妈走了进去，老妇人看到我犹犹豫豫不敢进去的样子，就不停地挥手示意让我进去。

我踮着脚进去了。夕阳透过百叶窗的叶片照进来，房间里盈溢着昏黄的光，在它的映衬下，蜡烛的火苗显得苍白又微细。他已经入殓了。由南妮带头，我们三个人在床脚边跪了下来。我假装在祷告，但我无法集中精神，因为老妇人的咕哝声使我分心。我注意到她的裙子钩在背后显得多么臃肿，她的布鞋的后跟有一侧已经磨平了。我产生了幻想，仿佛老牧师躺在棺材里微笑呢。

但是没有。当我们站起来走到床头时，我看到他没有微笑。他躺在那里，庄严又肃穆，穿着布道时的法衣，一双大手无力地握住一只圣杯。他的面相看上去很严厉，灰白的面孔，粗大的五官，黑洞般的鼻孔，脸颊上有一圈稀疏的白毛。房间里有一股浓烈的气味——是花香。

我们在胸前画了个十字，走出那间房间。在楼下的小房间里，我们看见伊莱莎端庄地坐在神父的扶手椅里。我摸索着走向放在角落里我常坐的那把椅子，南妮走到餐具柜前拿出一瓶雪利酒和几只酒杯。她把它们放在桌子上，招呼我们去喝一小杯酒。然后，在她姐姐的吩咐下，她把雪利酒倒进玻璃杯里，再把酒杯递给我们。她还硬要我吃几块奶油饼干，但是我拒绝了，因为我觉得吃饼干会发出太大的响声。她似乎对我的拒绝有些失望，就悄悄地走过去在她姐姐身后的沙发上坐下。没人说话：我们全都凝视着没有生火的壁炉。

我姨妈一直等到伊莱莎叹了口气，才开口说道：

"啊，这样也好，他去了一个更美好的世界。"

伊莱莎又叹了口气，点点头表示同意。我姨妈用手指摸摸酒杯的柄，然后抿了一小口。

"他是不是很平静地……？"她问。

"嗯，很平静，夫人，"伊莱莎说，"你都不知道他什么时候断气的。他走得很安详，感谢上帝。"

"一切都……？"

"奥洛克神父星期二一天都和他在一起，给他涂油，做了整套的圣事。"

"那他当时是知道的啰？"

"他很配合。"

"他看上去确实很配合。"我姨妈说。

"我们叫来给他擦身的那个女人也这么说的。她说他看上去就像是睡着了，那么平静，那么安详。没人会想到他会走得那么平静。"

"确实如此。"我姨妈说。

她又抿了一小口酒，然后说道：

"嗯，弗林小姐，不管怎么说，你为他做了你能做的一切，对你一定也是个很大的安慰吧。你们俩都待他太好了，我要说。"

伊莱莎把膝盖上的裙子抚平整。

"啊，可怜的詹姆斯！"她说，"上帝知道我们已经尽力而为了，尽管我们很穷，我们可不愿意看见他躺在里面缺这少那的。"

南妮把头靠在沙发靠垫上，似乎要睡着了。

"可怜的南妮，"伊莱莎看着她说，"她累坏了。那么多活都得我们做，都是她和我做的，去叫那个女人来帮他擦身，然后把他放平了，然后是入殓，最后是安排小教堂里的弥撒仪式。要不是有奥洛克神父，我真不知道我们该做些什么。是他给我们带来了那些花，还从教堂里拿来了两只蜡烛台，在《弗里曼将军报》^①上登了讣告，保管了殡葬的所有文件及可怜的詹姆斯的保险单。"

"他真是个大好人，不是吗？"我姨妈说。

伊莱莎闭上眼睛，慢慢地点了点头。

"嗯，患难见真情啊，"她说，"不管怎么说，碰到丧事，即便最好的朋友都难保靠得住。"

"是啊，真的，"我姨妈说，"现在我确信他到了永恒的天国也不会忘记你们和你们对他的恩情。"

"啊，可怜的詹姆斯！"伊莱莎说，"他没给我们添过什么麻烦。以前他在家里也几乎不发任何声音。不过，我知道他已经走了，再也不会回来了……"

"等这一切都结束后，你会想念他的。"我姨妈说。

"我知道，"伊莱莎说，"我再也不用给他端牛肉汤了，而夫人您呢，也不会再给他送鼻烟了。啊，可怜的詹姆斯！"

她停下来，好像是在回忆过去，然后神秘兮兮地说道：

---

① 应为《弗里曼日报》（Freeman's Journal），伊莱莎错误地念成了"Freeman's General"，两者发音相似。

"你听着，最近我注意到他身上有点奇怪的地方。我每次给他端汤来的时候，都会发现他的祈祷书掉在地上，他仰头靠在椅子里，嘴巴张得老大。"

她用一根手指抵着鼻子，皱了皱眉头，接着说：

"但他一直说的还是，在夏天结束前他要挑一个晴朗的日子出去兜风，只是想再看看爱尔兰小镇上的那所我们都出生在那里的老房子，带上我和南妮一起去。只要我们能搞到一辆新式的马车，就是奥洛克神父跟他说起过的走起来没有一点声音、车轮是风湿性的① 那种马车，租一天很便宜的——他说，在去那儿的路上的约翰尼·拉什租车行里就有，找个星期天的晚上，我们仨一起坐车去。他一门心思想……可怜的詹姆斯！"

"我主保佑他的灵魂！"我姨妈说。

伊莱莎掏出手绢，擦了擦眼睛。然后，她把手绢放回到口袋里，久久地凝视着没生火的壁炉，一声不吭。

"他总是过于顶真，"她说，"牧师的担子对他来说太重了。然后他的生活又是，可以这么说吧，充满了矛盾。"

"是的，"我姨妈说，"他是个压抑的人，看得出来。"

一片寂静占据了这个小房间，在这种气氛里，我走到餐桌边，尝了一口雪利酒，然后悄没声地回到我那摆在角落里的椅子上。伊莱莎似乎陷入了一种深深的遐思。我们恭恭敬敬地等她打破沉默，过了很长时间，她悠悠地说道：

---

① 伊莱莎常把发音相近的词弄混，这里应该是 pneumatic 充气式的，她说成了 rheumatic 风湿性的。

"是他打碎的那个圣杯……预示了不吉利。当然，人家说那没关系的，我的意思是，因为里面什么都没有 ①。而且……他们说是那个男孩的错。但可怜的詹姆斯还是很紧张，上帝可怜可怜他吧！"

"是这样吗？"我姨妈说，"我听说……"

伊莱莎点点头。

"这件事刺激到了他的神经，"她说，"从那以后，他常常一个人闷闷不乐的，不跟任何人说话，独自徘徊。就这样，有一天晚上，他本该去布道的，但哪儿也找不到他。大家到处都找遍了，但就是哪里都找不到他。最后，教区长提议去小教堂里找找。于是他们拿上钥匙，打开了小教堂的门，当时在场的有教区长、奥洛克神父，还有一个提着一盏灯的牧师……你猜怎么着，他果真在那里，一个人坐在黑暗的告解室里，眼睛睁得大大的，对着自己微微笑。"

她突然停了下来，好像听见了什么。我也竖起耳朵听，但是房子里鸦雀无声：我知道老牧师好好地躺在棺材里，就像我们刚才看见他的时候一样，死气沉沉的，庄严肃穆的，胸前放着一只空空的圣杯。

伊莱莎继续说：

"眼睛睁得大大的，对着自己微微笑……于是，他们看到他这副样子，自然就觉得他肯定是哪里出了毛病……"

---

① 意指圣杯之中并无宝血。

遇见

　　是乔·狄龙把荒凉的西部^①介绍给我们的。他有一个小型的图书馆，收藏有《米字旗》《勇士》《半便士奇迹》之类的老刊物。每天傍晚放学后，我们都会在他家后面的院子里碰头，玩印第安人打仗的游戏。他和他的胖弟弟利奥，就是那个小混混，保卫着马厩里的草料棚，在我们对它发起猛攻的时候；或者，我们会在草坪上玩一场阵地战。但是，不管我们打得有多勇猛，我们从未把敌人包围住或俘虏了，每一次战斗都以乔·狄龙跳起庆祝胜利的战舞告终。他父母每天早晨都去嘉丁纳街参加八点钟的弥撒，狄龙太太身上那股清爽的味道会弥漫在他家的大厅里。但对我们来说他打得太凶了，因为我们的年纪和胆子都比他小。在院子里活蹦乱跳的时候，他看上去有点像印第

---

　　① 指未开发的美国西部，居民大多为印第安人土著。

安人，头上顶着一只旧茶壶，手里敲着一只铁皮罐头，大喊大叫：

"是啊！雅卡，雅卡，雅卡！"

刚听说他捞到了一份神职工作时，大家都不相信。然而，这是真的。

一种天不怕地不怕的精神在我们中间散布开来，在它的影响下，文化和气质上的差异都可以忽略不计了。我们拉帮结伙，有的是为了壮胆，有的只是开开玩笑，还有些人几乎是出于恐惧：我也是后者中的一个，我们可以说是一群心不甘情不愿的印第安人，我们之所以入伙是因为担心自己显得太勤奋好学或太柔弱。西部荒野文学中描述的那种历险记和我的天性之间隔着十万八千里的距离，但至少，它们为我打开了一扇逃避现实的大门。我更喜欢那些在邋遢的凶丫头和俏丽的大美妞之间经常传递的美国侦探小说。尽管这些故事并没有什么不妥，尽管故事的意图有时还颇具文学性，但在学校里也只能偷偷地传阅。有一天，巴特勒神父检查《罗马史》中的四张拉丁文翻译作业，发现笨笨的利奥·狄龙带着一本《半便士奇迹》。

"这一页还是这一页？是这一页吗？好，狄龙，你站起来说！"

"这天刚刚……"

"继续！这天怎么了？"

"这天天刚亮……"

"你复习了吗？你口袋里藏着什么东西？"

利奥·狄龙交出小报的时候，大家的心都在怦怦地跳，

脸上却都装出一副无辜的样子。巴特勒神父翻了几页，皱起了
眉头。

"这是什么垃圾？"他说，"阿帕奇酋长！你就看这种东西，
不学习罗马史？我不希望再在学校里看见这种破烂玩意儿。写
这种东西的人，我想，是个拿稿酬换酒喝的可怜虫。像你这样
受过教育的孩子，也会看这种东西，真让我大跌眼镜。如果你
是……公立学校①的，我还能理解。好吧，狄龙，我强烈建议你，
现在开始好好学习，否则……"

在学校里上课的时候听到这样的训诫，我觉得狂野大西部
的魅力也大打折扣了，此外，利奥·狄龙那张胖脸上显露出来
的懵懂的表情也唤醒了我的一部分良知。不过，在学校的约束
力鞭长莫及的地方，我又开始渴望那种狂野的感觉，渴望只有
那些混乱的编年史能给我提供的摆脱现实之感。每天傍晚的战
争游戏最终就像白天在学校里上课一样令我厌倦，因为我想要
经历真正的冒险。但我又想，真正的冒险不会发生在留在家里
的人的身上：必须去外面寻找。

暑假快到了，我下定决心要从沉闷的学校生活里解脱出来，
哪怕一天也好。我和利奥·狄龙，还有一个叫玛奥尼的男孩，
计划着要逃学一天。我们每个人积攒了六便士。我们约好上午
十点在运河桥上见面。玛奥尼的姐姐会为他写一张请假条，利
奥·狄龙则会让他哥哥去替他请病假。我们商量好沿着码头街

---

① 爱尔兰公立学校，虽然最初旨在无差别地教育新教徒与天主教徒，但更亲
英、倾向新教，在市民的认知中，其社会地位与教育水平都较低。

一路走到摆渡口，然后乘渡船去看"鸽棚"①。利奥·狄龙害怕我们可能会遇到学校里的巴特勒神父或别的老师；但是玛奥尼非常明智地问道，巴特勒神父去鸽棚干什么呢。我们放心了：我从另外两位手上分别收来了六便士，同时也给他们看了我自己的六便士，这样就完成了我们计划的第一步。实施计划前的那天晚上，我们最后一次聚在一起商量时，全都有点激动。我们握手，哈哈大笑，玛奥尼朗声说道：

"明儿见，伙计们！"

那天晚上我没有睡好。早上我第一个来到桥边，因为我家离得最近。我把书藏在花园尽头灰坑旁边的茂盛的草丛里，从没人会去那里，然后沿着那里的运河岸边往前走。这是六月第一周里的一个暖和的晴朗的早晨。我骑在桥头拱顶上，欣赏着我昨晚拼命刷白了的那双劣质的帆布鞋，看着温顺的马儿拉着一车生意人上山。林荫道两旁的大树的枝丫上全都挂满了嫩绿色的叶子，阳光透过树叶斜斜地照射在水面上。花岗岩的桥面上暖和起来，我开始用手拍打着栏杆，合着我脑子里的一首曲子的节拍。我非常开心。

在那里坐了大约五到十分钟的光景，我看到穿着灰西装的玛奥尼走了过来。他微笑着爬上山，走到桥上，骑上栏杆坐在我旁边。我们等在那里的时候，他从鼓鼓囊囊的内侧口袋里掏出一只弹皮弓，告诉我他在弹弓上面所做的一些改进。我问他

① 最初是一座城堡，后来改作旅店，最后改造成一所发电站。18世纪时，这里的一位看门人约翰·皮金（John Pidgeon）开了一间茶铺（Pidgeon's House），后名字演变为鸽棚（Pigeon House）。

为什么带弹弓来，他说是为了和鸟儿们寻寻开心①。玛奥尼随心所欲地使用俚语，把巴特勒神父叫作老煤油灯。我们又等了一刻钟，还是没看到利奥·狄龙。玛奥尼终于跳下栏杆，说：

"走吧。我就知道死胖子会打退堂鼓的。"

"那他的六便士……？"我问。

"没收了，"玛奥尼说，"对我们来说不是更好吗——我们俩现在有了一先令六便士，本来只有一先令的。"

我们沿着滨河北路一直走到硫酸厂，然后右拐进入码头街继续往前走。我们一走到没人的地方，玛奥尼就开始玩印第安人打仗游戏。他追赶一群衣衫褴褛的小姑娘，手里挥舞着没装弹子的弹弓，有两个衣衫褴褛的男孩子路见不平，就朝我们扔石子，玛奥尼提出我们应该教训教训他们。我反对，因为那些孩子年纪太小了，于是我们继续往前走，这群衣衫褴褛的小孩子跟在我们后面鬼叫："龟孙子②！龟孙子！"他们以为我们是新教徒，因为肤色黝黑的玛奥尼在帽子上别着一枚板球俱乐部的银徽章③。我们走到烙铁厂边上，在那里玩起了攻防战；但是我们玩不成功，因为至少得有三个人才能玩。于是我们痛骂利奥·狄龙，骂他是个孬种，并猜测到下午三点放学时莱恩先生会抽他多少下手心。

随后我们来到了河边。我们在喧闹的大街上溜达了很长时

① 这是一句俚语，这里的鸟儿指小姐。

② Swaddlers，俚语，指新教徒。

③ 在这一时期，板球由于不属于爱尔兰传统运动项目（即曲棍球与足球），被视为新教徒的亲英类运动。

间，街道两旁有高高的石墙。我们看着起重机和引擎在那里工作，驾着嘎吱嘎吱的马车的车夫们不时冲我们吼，因为我们站在那里一动不动的，挡了他们的道。我们到达码头时已是中午，码头工人们好像都在吃午饭，于是我们也买了两个大葡萄干面包，坐在河边的一根铁管子上吃。我们欣赏着都柏林生意兴隆的繁忙景象——远处的驳船上冒出缕缕青烟，林森德港口那边的棕色渔船，对面码头上正在卸货的白色大帆船。玛奥尼说出海乘这样的大船该有多过瘾，就连看着船上的高桅杆的我，也看到了，或者说想象到了原本在学校里没好好学的地理知识，那些知识在我眼皮底下逐渐变得具体。学校和家似乎离我们很远，它们对我们的约束力也似乎在减弱。

我们乘渡船过了利菲河，付了摆渡费，船上还有两个工人和一个拎包的小个子犹太人。我们简直严肃到了庄重的程度，但在一次目光短暂地相遇后，我们俩都笑了起来。我们上岸后看着一艘优雅的三桅帆船在码头上卸货，这一幕我们刚才在对面的码头上已经看见了。有个过路人说它是一艘挪威船。我走到了船尾，试图辨认上面刻着的字，但我不识，于是我又跑回去看那些外国水手中有没有绿眼睛的人，因为我总有一些奇奇怪怪的想法……但水手的眼睛是蓝色的，灰色的，甚至是黑色的。唯一一个眼睛可以说是绿色的水手是一个高个子，每次跳板掉到水里时他都会高兴地喊叫，以此逗码头上的人们开心。

"好吧！好吧！"

看厌了这样的画面，我们笃悠悠地走进了林森德。天气变得闷热起来，杂货铺橱窗里发霉的饼干看上去白乎乎的。

我们买了一些饼干和巧克力，在渔民们居住的肮脏的街道上边走边吃，我们走得慢悠悠，吃得很专心。我们找不到乳品店，就进了一家小杂货店，买了两瓶山莓汁柠檬水。玛奥尼喝掉饮料就来了精神，在一条小巷子里追着一只猫，但猫跑到一片开阔的田野逃走了。我们俩都觉得很累，一来到田野那边，就立即爬上田垄上的一面斜坡躺了下来，因为从那里可以看见多德河①。

天太晚了，我们也太累了，无法实行参观鸽棚的计划了。我们必须在四点前回到家里，否则我们的冒险就会被发现。玛奥尼遗憾地看着他的弹弓，我不得不提议乘火车回家，趁他的兴头还没有再次起来。此时太阳已躲到了几团云层的后面，我们的脑子陷入了昏沉，食物也只剩下了一点碎屑。

田野里除了我们没有旁人。我们默默地在斜坡上躺了一会儿，我看见一个人从田野尽头走过来。我嘴里嚼着一根女孩子们用来算命的绿颜色的草梗，懒洋洋地看着这个人。这人慢吞吞地从田埂上走过来，一只手放在屁股上，另一只手里拿着一根拐杖，轻轻地拍打着草皮。他穿着一套墨绿色的破烂衣服，戴着一顶高高的帽子，我们以前把这种帽子称为"尿壶"。他的胡子是灰白色的，看上去很苍老。走过我们的脚下时，他抬起头来匆匆看了我们一眼，然后继续走他的路。我们的目光追随着他，看见他走了大概五十步后，又转身走了回来。他慢慢地朝我们走来，不停地用拐杖敲击着地面。他走得实在太慢了，

---

① 利菲河的一条支流。

以至于我都要以为他是在草丛里寻找什么东西呢。

他爬上斜坡，走到我们旁边停了下来，和我们打了一声招呼。我们也和他打了招呼，他在斜坡上小心翼翼地慢慢地坐了下来，坐在我们旁边。他开始谈论天气，说今年夏天会很热的，又找补说，和他小时候比——那是在很久以前了——现在的季节变化非常大。他说人的一生中最快乐的时光无疑是学生时代，如果能重返青春，他愿意付出一切。在他表达这些令我们颇有些厌烦的感想时，我们保持沉默。然后，他谈论起了学校和书本，问我们是否读过托马斯·摩尔的诗或沃尔特·司各特爵士和莱顿勋爵的作品。我假装他提到的每一本书我都读过，最后他说：

"啊，我看得出你和我一样是个书呆子。不过，"他指着睁大眼睛看着我们的玛奥尼，"他不一样；他贪玩。"

他说他家有沃尔特·司各特爵士和莱顿勋爵的全集，而且对它们百读不厌。"当然，"他说，"莱顿勋爵的有些书是不适合给小孩子看的①。"玛奥尼问为什么小孩子不适合看——这个问题让我觉得既尴尬又生气，因为我担心那人会认为我和玛奥尼一样蠢。然而，那个人只是莞尔一笑。我看见他发黄的牙齿间的缝隙很大。然后他问我们，谁喜欢的女孩子多。玛奥尼轻描淡写地说自己有三个小情人。那人问我有多少个，我回答说一个也没有。他不相信，他说我肯定有一个。我无语了。

"告诉我们，"玛奥尼顽皮地对那人说，"你自己有几个？"

① 莱顿勋爵（Lord Lytton，1803—1873）的小说里有逼真的恐怖、犯罪及情欲描写。

那人像刚才一样又笑起来，说他在我们这个年纪时有很多喜欢的。

"每个男孩，"他说，"都有一个小甜心。"

就他的年龄来说，我觉得他在这点上的态度相当开明。我心里觉得，他说的关于男孩和小甜心的话是有道理的。但我不喜欢他的措辞，我也不知道他说话时为什么会一抖一抖的，就好像他害怕说错什么或突然觉得冷似的。他又接着说开了，我注意到他的发音很好听。他开始和我们谈论起了女孩子，说她们的头发有多么柔顺多么美、她们的手有多柔嫩，还说如果你真正了解了她们，就会发现其实所有的女孩都没你想得那么好。他又说，没有任何东西比看一个漂亮的小姑娘，看她那雪白粉嫩的手和飘逸的柔发更让他欢喜的了。他给我的感觉是，他在重复说着他早就在脑子里背出来的话，或者是陶醉于自己的话里的某些字眼，他的大脑在围着同一轨道慢悠悠地转啊转。有时，他说话的样子好像只是在说一个众所周知的事实，有时，他压低声音神神秘秘地说，好像是在告诉我们什么他不希望别人偷听去的秘密。同样的措辞他重复了一遍又一遍，或者是稍稍变换一下词组，并用一种单调的声音把它们说出来。我一边听他说，一边继续凝视着山坡下面。

过了很长一段时间，他的独白停了下来。他慢慢地站起来，说他不得不离开我们一分钟，或者几分钟，我不用改变视线方向，就能看到他慢慢地离开我们，向田野那边走去。他走后我们依然保持沉默。沉默了几分钟后，我听到玛奥尼喊道：

"哎哟！快看他在干什么呀！"

因为我既不回答他，也不把头抬起来，玛奥尼又叫道：

"依我看……他就是个古怪的老傻帽①！"

"万一他问起我们的名字，"我说，"你就叫墨菲吧，我叫史密斯。"

我们没再多说什么。我还在考虑等那个人回来又坐在我们旁边的时候，我是该待在原地不动呢，还是该走开。还没等他坐稳，玛奥尼就看见了之前逃走的那只猫，连忙跳起来沿着田野追猫。那个人和我一起看着这场追逐。猫又逃脱了，玛奥尼往它跳过去的那面墙上扔石头。扔完石头后，他开始漫无目的地在田野尽头转悠。

过了一会儿，那个人跟我说话了。他说我的朋友是个很顽皮的男孩，问他在学校里是否经常被抽鞭子。我想气愤地回答他说，我们不是会挨鞭子的公立学校的学生，如果他的说法正确的话，但我保持沉默。他把话题转向对男孩子的体罚。他的大脑，仿佛又被自己的语言迷住了的大脑，似乎在围着一条崭新的轨道慢悠悠地转啊转。他说如果一个男孩子表现得那样的话，就应该挨抽，应该狠狠地抽。如果一个小孩调皮捣蛋、不服管教，没有什么比好好地请他吃一顿鞭子更好的教育方法了。抽手心和掴耳光都不管用的：他需要的是美美地吃一顿热腾腾的鞭子。我对他的这种想法感到惊讶，不由得抬起头来看他的脸。我看到的是一双深绿的眼睛，在紧蹙的额头下。我随即又转过头去。

---

① 傻帽的原文是 josser，有学者认为暗示了 tosser（手淫者）一词。

那人又开始了他的自言自语。他好像忘记了刚才自己所持的开明观点。他说如果他看见一个男孩和女孩搭讪，或者是有了自己的小甜心，他就会用鞭子抽他，抽了又抽；这样做可以使他牢记不要和女孩子说话。如果一个男孩有了自己的小甜心，还不肯承认，他就会给他一顿这个世界上还没有一个孩子挨过的鞭子。他说，在这个世界上没有比干这个更让他称心如意的了。他向我形容他会如何来鞭打一个这样的孩子，就好像在披露某个精心策划的秘密。在这个世界上，他说，没有什么比抽鞭子更让他欢喜的事了；在他用单调的口吻把我引向这个秘密的时候，他的声音变得几乎充满了感情，几乎像是在恳求我一定要理解他。

我一直等到他的自言自语又停了下来。然后我突然站了起来。为了不暴露我的焦躁，我故意拖延了一会儿，假装把鞋带重新系好，然后说，我必须走了，我和他说了再见。我平静地爬上斜坡，但心里因为害怕他会抓住我的脚踝而怦怦直跳。当我到达坡顶，转过身来，眼睛不朝他看，用嘹亮的声音对着田野喊道：

"墨菲！"

我的声音里带着一种被硬逼出来的勇敢，我为自己的卑鄙伎俩感到惭愧。我叫了两遍名字，玛奥尼这才看见我，并用一声"嗨"来回答我。他从田野那头朝我奔过来的时候，我的心几乎都要跳到嗓子眼了！他飞奔着，好像是赶来救我性命的。我无比惭愧；因为在我内心深处，总有点瞧不起他的意思。

阿拉比

北里士满街是条死路，除了基督教兄弟会学校放学的时候，平时一向很安静。一幢无人居住的两层楼房矗立在它封闭的一头，在一块方形的土地上孤立于其他的建筑。街上别的房子，意识到住在它们里面的都是些体面人，用一张张棕色的、沉稳的脸彼此注视着。

我家租住的房子的前房客，一位牧师，是在房子后部的客厅里去世的。由于长期封闭，空气里有一股霉味，悬浮在每一个房间里，厨房后面的垃圾房里散落着无用的旧报纸。在这些垃圾中，我找到了几本平装书，书页卷曲、潮湿：沃尔特·司各特的《修道院院长》《虔诚的教友》和《维托①回忆录》。我最喜欢的是最后一本，因为它的书页已泛黄。房子后面有一

---

① 维托（Vidocq, 1775—1857），原为巴黎的一个罪犯，后来成为著名的侦探。

座荒芜的花园，花园中央有一棵苹果树，周围还有一些枝枝蔓蔓的灌木丛，在一株灌木底下我发现了已故房客留下的一只生锈的自行车打气筒。他是一个非常仁慈的牧师；他在遗嘱中把所有的钱都捐给了慈善机构，把房子里的家具都送给了他妹妹。

冬天来了，白昼的时间越来越短，我们还没吃完晚饭，天就已经暗了下来。我们在街上会合的时候，建筑物的轮廓已变得模糊不清。我们头顶上的天空呈现出一种不断变化的紫色，在它的映衬下一盏盏街灯释放出微弱的光芒。冷气刺骨，我们一直玩到身上发热。我们的喊声在寂静的街道上回荡。我们在房子后面的黑暗泥泞的小巷里尽情地玩，我们打打闹闹，玩了个昏天黑地，从农舍一直玩到弥漫着灰坑气味的黑漆漆的花园的后门，再到有个马车夫在那里给马匹刷毛或者整理缠在一起的缰绳的黑黢黢、臭烘烘的马房。我们再回到街上时，家家户户的厨房窗户上已经透出灯光。如果看到我姨父拐过街角走过来，我们就躲在暗处，直到看见他走进家门。或者看到曼根的妹妹走到门前台阶上，叫她哥哥回家用茶点，我们躲在暗处观察她眯起眼睛东看看西瞧瞧。我们等着看她是待在原地不动还是回进去，如果原地不动，我们就不再躲藏，就会驯顺地走向曼根家的台阶。她在等着我们，她的身影在虚掩的房门里透出的灯光的映衬下显得楚楚动人。她哥哥在服从她之前总要先戏弄她一番，我站在栏杆边看着她。她走起路来衣裙飞扬，柔软的发辫也会左右摇晃。

每天早上我都躺在前厅的地板上，看着她家的房门。百叶窗被拉到离窗框不到一英寸的地方，所以我是不会被她看见的。

当她走到门口的台阶上，我的心怦怦直跳。我跑到大厅里，抓起我的书，去追她。我始终让她的棕色人影保持在我的视线范围内，当我们接近即将分道扬镳的地方时，我加快步伐超过了她。无数个早晨，这件事重复发生。我从不和她说话，除了寥寥几句客套话，然而她的名字却像圣旨一般能让愚蠢的我热血沸腾。即便在最不适宜浪漫的地方，她的形象也陪伴着我。每个星期六晚上，我姨妈去购物时，我就必须去帮她拎几只包。我们穿过灯火通明的街道，挤过醉酒的男人和讨价还价的女人，耳边是工人们的一片叫骂声，站在啤酒桶旁做守卫工作的店员小伙的一连串尖叫声，街头艺人带着鼻音的歌声，唱着赞美奥多诺万·罗萨里①的那首《大家来吧》，或是以我们家乡的苦难为内容的民谣。对我来说，这些噪音汇聚成了一种生活的感觉：我想象自己拿着一只圣杯安全地穿过一大群敌人。有时，她的名字会伴随着奇异的祈祷或赞美诗突然从我的唇上蹦出来，我自己都不明白怎么会这样。我的眼眶里常常充盈着泪水（我也不知道为什么），又有时，我心里似乎会涌出一股洪水，直流入我的胸膛。我几乎不考虑未来。我不知道自己到底会不会和她说话，又或者，如果我和她说话，我该怎样来告诉她我已被她迷得神魂颠倒。可是，我的身体就像一架竖琴，她的言行举止就像是在用手指拨弄着琴弦。

　　一天晚上，我走进牧师在那里去世的后客厅。那是一个阴

---

① 　奥多诺万·罗萨里（O'Donovan Rossa，1831—1915），爱尔兰民族主义者，大众英雄，文艺团体"凤凰社"的领导人之一。

沉的雨夜，屋里一点声音也没有。透过一扇破窗，我听到雨水冲刷着大地，如针线般不停落下的细雨在戏弄着濡湿的路面。远处的街灯或亮着灯的窗户在我的下面闪闪烁烁。我要感谢我的目力有限。我所有的感官似乎都想隐蔽起来，我觉得它们就要从我身上溜走了，我紧紧地合起手掌，直到我的双手颤抖，我喃喃自语："哦，爱情！哦，爱情！"一遍又一遍。

最后，她和我说话了。当她对我说第一句话时，我十分尴尬，不知道该怎么回答她。她问我会不会去阿拉比①。我忘了我是回答"去"还是"不去"。那肯定是个超棒的集市，她说她很想去。

"那你为什么不去呢？"我问。

她说话的时候，不停地转动着手腕上的一只银手镯。她说她不能去，因为这周她要在修道院里做一次静修。她哥哥和另外两个男孩在争抢一顶帽子，我一个人站在栅栏外。她搭着一根栅栏的尖端，低头看着我。我们房门对面的街灯照出了她那雪白的脖颈的优美曲线，照亮了她的秀发，在那里稍作停留，然后继续往下，照亮了她放在栏杆上的手。她平静地站在那里，街灯照出了她那模糊的身影，照到了她裙子的一角，和衬裙的一条白边。

"你倒能去。"她说。

"如果我去，"我说，"我会给你带点东西。"

那夜之后，从我那半梦半醒的思绪里冒出了多少愚不可及

---

① 1894 年 5 月在都柏林举办的一场大型慈善义卖集市。

的想头啊！我想消灭这种无聊的、烦扰的日子。我讨厌学校作业。晚上在我的卧室里，白天在教室里，她的形象挡在了我和难啃的书本之间。阿拉比这个词的读音在寂静中召唤着我，我的灵魂沉醉其中，好像被施了东方的魔法。我请求星期六晚上让我去逛集市。我姨妈吃吃惊，她希望这不是某个共济会办的集市。我在课堂上回答不出问题。我看着老师的脸由阳光灿烂转为阴云密布；他希望我没有变得偷懒，不用功。我没法把涣散的精神集中起来。我对生活中的正经事几乎没了耐心，因为它们成了我和我的欲望之间的障碍，在我看来，这些正经事就是小孩子的游戏，无聊单调的游戏。

星期六早上，我提醒姨父晚上我要去逛集市。他在门厅的衣帽间里气呼呼地寻找着帽刷，不耐烦地回答我说：

"得了，孩子，我知道的。"

因为他在过道里，我不能进前厅去躺在地上对着窗户。我闷闷不乐地离开了家，慢慢地朝学校走去。空气冷到无情的地步，我的心已经开始忐忑不安了。

当我回家吃饭时，我姨父还没回家。时间还早。我坐在那里盯着钟看了一会儿，它的嘀嗒声使我感觉越来越烦躁，于是我离开了房间。我爬上楼梯，来到了二楼。寒冷、空旷、阴暗、房顶很高的房间给了我自由，我唱着歌从这间房间窜到那间房间。从前窗看出去，我看见小伙伴们在底下的大街上玩。他们的叫声听上去很轻，很模糊。我把额头贴在冰凉的窗玻璃上，远眺着她住的那栋黑房子。我可能在那里足足站了一个小时，却只是在想象中看到了一个穿着棕色衣服的身影，街灯悄悄地照着她脖颈上的曲线，照着她放在栏杆上的手，照着她裙子下面的那条衬边。

当我再次下楼时，我发现默瑟太太正坐在火炉旁。她是个爱唠叨的老太婆，是当铺老板的遗孀，为了某种虔诚的理由收集使用过的邮票。我不得不忍受茶几边的闲聊。晚饭时间已耽搁了一个多小时，我姨父还是没回来。默瑟太太站起来要走，她表示抱歉，她不能再等下去了，因为现在已经八点多了，她不喜欢太晚出门，因为晚上的空气对她不好。她走后，我捏紧拳头，开始在房间里走来走去。我姨妈说：

"天哪，恐怕今晚上你去不成集市了。"

九点钟，我听见我姨父的钥匙声在门厅的大门上响起。我听见他自言自语，听见他把外套挂在衣帽架上时衣帽架晃动的声音。我能听出这些响动。晚饭吃到一半，我让他给我钱，好让我去集市。他已经忘了。

他说："大家都上床睡觉了，已经睡醒一觉了。"

我没有笑。我姨妈热心地对他说：

"你不能把钱给他让他走吗？你已经让他等得够晚了。"

我姨父说他很抱歉忘记了。他说他相信俗话说："只工作不玩耍，聪明的孩子也变傻。"他问我要去哪里，当我第二次告诉他时，他问我知不知道《阿拉伯人告别了坐骑》[①]。当我离开厨房的时候，他正准备给我姨妈朗诵这首诗的开头几句呢。

---

① 爱尔兰女诗人卡洛琳·诺顿（Caroline Norton, 1808—1877）写的一首诗。

阿拉比

　　我大步走在白金汉街上，手里紧紧地攥着一个弗罗林①，朝车站走去。街上挤满了买各种东西的人，以及闪烁的煤气灯，这景象使我想起了此行的目的。我在一列空荡荡的火车上找了一个三等车厢的座位。火车令人忍无可忍地延误了很长时间后，终于慢吞吞地驶出车站。它穿行在破败的房屋间，越过一条闪光的河流。在韦斯特兰街车站，一大群人挤在车厢门前；但是列车员把他们往后推，说这是一列专门去集市的火车。我一个人待在空荡荡的车厢里。几分钟后，火车停在一个临时搭建起来的木站台旁。我下了车走在路上，看见一座发光的时钟显示现在已是九点五十。一幢巨大的建筑伸展在我的面前，上面写着它那魔法的名字。

　　我找不到六便士的入口，担心集市就要关门了，便飞快地穿过一个旋转栅门，把一先令递给一个满脸倦容的看门人。我走进一个巨大的展厅，展厅的半空中围着一条长廊。几乎所有的摊位都关门了，大部分展厅连灯都关了。我感到此时的寂静就像做完弥撒后弥漫在教堂里的那种。我胆怯地走到集市的中心地带。有几个人聚集在仍摆着的摊位旁。一张帷幕前，有一只彩灯上写着"音乐咖啡厅"几个大字，有两个人在托盘上数钱。我听着硬币掉在托盘里的声音。

　　我好不容易才想起此行的目的，便来到一个摊位前，看着瓷花瓶和印花的茶具。在摊位门口，一位年轻女士和两个年轻的绅士有说有笑。我注意到他们的英国口音，听着他们模糊的

————————
① 两先令银币。

029

交谈。

"哦，我从来没说过这样的话！"

"哦，但是你说过的！"

"哦，但我没有！"

"她没说过吗？"

"不对。我听她这么说的。"

"哦，你在……撒谎！"

那位小姐看到我，就走过来问我要不要买什么。她说话的语气并不怎么热情；似乎只是出于职责所在。我不好意思地看着放在黑黢黢的摊位门口两侧的两只大花瓶，它们看上去就像东方的守门神，喃喃地说道：

"不，谢谢您。"

年轻的女士挪动了其中一只花瓶的位置，然后又回到那两个年轻人那里。他们又开始谈论刚才的话题。那位年轻女士还回过头来瞥了我一次，或两次。

我在她的摊位前徘徊，虽然我知道待在那里根本没意思，不过是为了表示我对她的商品真的感兴趣。然后我慢慢地转过身去，沿着集市中央走下去。我在口袋里玩着，让两便士和六便士撞在一起。我听到走廊尽头传来一个声音，随即灯就灭了。展厅上方一片漆黑。

我凝视着黑暗，觉得自己就是一个被虚荣心驱使与嘲弄的人；我的眼睛里冒出了痛苦和愤怒的火焰。

伊芙琳

　　她坐在窗前，看着夜幕降临在大街上。她的头靠在窗帘上，鼻孔里有积满灰尘的印花布的气味。她累了。

　　很少有人经过。住在最后一所房子里的那个人在回家的路上经过；她听见他的脚步在混凝土路面上咔咔走过，之后又在新建的红房子前的煤渣路上嘎吱作响。以前这里是一块空地，每天晚上他们都在那里和别人家的小孩一起玩。后来从贝尔法斯特来的一个人买下了这块地，在上面盖了房子——不是他们那种棕色的小房子，而是明亮的砖房，屋顶闪闪发光的。这条街上的孩子们以前常常在那块空地上一起玩耍——小神仙，沃特斯，邓恩，小瘸子基奥，她和她的兄弟姐妹。不过，欧内斯特从来没有玩过：他太成熟了。她父亲过去常常用他的李木手杖把他们赶出空地；不过小基奥通常都会望风，看到她父亲过来时，会喊着通知他们。当时，他们似乎还是挺快乐的。她父亲那时还不算太坏，她母亲还活着。那是很久以前的事了，如今她和她的兄弟姐妹都已长大；她妈妈死了。蒂齐·邓恩也死了，沃特斯一家也回了英国。一切都变了。现在，她也要像其他人一样离开了，离开她的家。

家！她环顾了一下房间，看了看房间里所有熟悉的东西，这么多年来她每周为它们掸一次灰，不知道这些灰尘到底是从哪里来的。也许她今后再也见不到那些熟悉的东西，尽管她之前做梦也没想到会和它们分开。然而，在这么多年里，她从不知道那位把自己发黄的照片挂在墙上的牧师的姓名，照片的下面有一把破烂的小风琴，旁边有一条彩印的祝祷词：万福玛格丽特·玛丽·阿拉科克①。他曾是她父亲的一个校友。每当她父亲把照片拿给一个来访者看时，总会顺便捎带上一句：

"他现在在墨尔本。"

她已同意离开这里，离开自己的家。这么做明智吗？她试图权衡这个问题的方方面面。不管怎么说，在家里她有吃的，有一块遮风挡雨之地；周围有她一生都认识的熟人。当然，无论是在家里还是在店里，她都得拼命干活。等店里的伙计们发现她和一个家伙私奔了，会怎么编派她呢？说她是个傻瓜，也许；另外，还会登广告招人来填补她的空缺。加万小姐会高兴的。她总是挑伊芙琳的刺，尤其在旁边有人的时候。

"希尔小姐，你没看见这些女士在等着吗？"

---

① 圣玛格丽特·玛丽·阿拉科克（Margaret Mary Alacoque, 1647—1690），法国修女，耶稣圣心崇拜的创始人。

"打起精神来，希尔小姐，拜托哦。"

她不会因为要离开这片店而落泪的。

但在她的新家，在一个遥远的、陌生的国度里，情况肯定不会像现在这样。到那时她就结婚了——她，伊芙琳，到那时人们就会以尊敬的态度来对待她。别人不能像对待她母亲那样来对待她。即便是现在，尽管她已经超过了十九岁，有时仍会觉得自己处于父亲的暴力威胁中。她知道就是这个造成了她的心悸。小时候，父亲从没有像常常打骂哈利和欧内斯特那样打骂她，因为她是个女孩子；但最近他开始威胁她说，他要好好管教管教她，要不是看在她死去的母亲的面上。现在没人会来保护她了。欧内斯特死了，哈利在做装修教堂的生意，几乎一直在乡下的什么地方。再说了，星期六晚上关于钱的没完没了的争吵，已让她厌烦到了难以形容的地步。她总是把工资——七先令——全数上交，哈利总是尽其所能往家里寄钱，但问题是很难从她父亲那里要到钱。他说她常常挥霍钱财，说她没有脑子，他不会把辛辛苦苦赚来的钱交给她去扔在大街上，更有甚者，周六晚上他通常会喝得酩酊大醉。最后他会把钱给她，然后问她是否打算去买星期天的晚餐。然后，她不得不飞奔出去采购食物，手里紧紧地攥着黑色的皮夹子在人群中挤来挤去，最后提着一大堆食物很晚才回家。她为了维持家计拼命工作，还要照看两个现在归她管的小弟弟，保证他们的正常上学、正常吃饭。那是艰苦的家务——艰苦的生活——但现在在她即将告别时，却觉得这种生活也并非没有一点值得她留恋的地方。

她准备和弗兰克一起去探索另一种生活。弗兰克是个好

人，有男子气概，心胸开阔。她要和他一起乘夜船私奔，然后
和他结婚，一起住在布宜诺斯艾利斯，他已经在那里为她准备
好了一个家。她记得很清楚第一次见到他时的情形；他寄宿在
她以前常去的一条大路上的一所房子里。好像是几周前的事了。
他站在门口，尖顶的帽子歪戴在后脑勺上，他的头发在青铜色
的脸庞上向前突出。后来他们相互了解了。他以前每天晚上都
会在商店外面等她，然后送她回家。他带她去看《波希米亚姑
娘》①，她和他一起坐在剧院里一个她不习惯的角落，感到喜
不自胜。他非常喜欢音乐，也会唱几首歌。人家知道他们在谈
恋爱，当他唱起《那个爱水手的姑娘》，她总是觉得既愉快又
迷惘。他过去常为了逗乐叫她小乖乖。一开始，有一个男朋友
让她感到兴奋，随后就开始真的喜欢上他了。他会说异国他乡
的故事。他起初是在艾伦轮船公司的一艘开往加拿大的船上做
甲板水手的，月收入是一英镑。他告诉她他曾服务过的轮船的
名字，以及他在船上的职位名称。他航行过麦哲伦海峡，他给
她讲了可怕的巴塔哥尼亚人的故事。他在布宜诺斯艾利斯交上
了好运，他说，还说他回国来只是为了度假。当然，她父亲发
觉了此事，禁止她再和他说话。

"我了解这些水手。"他说。

有一天，他和弗兰克吵了一架，之后她就不得不偷偷地去
和她的恋人约会了。

---

① 爱尔兰作曲家迈克尔·巴尔夫（Michael Balfe, 1808—1870）创作的一
出轻歌剧。

大街上，夜色越来越浓。她膝上的那两个白色的信封已变得模糊不清。一封是给哈利的，另一封是给她父亲的。欧内斯特一直是她最喜欢的，但她也喜欢哈利。她父亲近来显出了老态她注意到；他会想她的。有时候，他会非常好。不久前的一次，她在床上躺了一天，他念了一个鬼故事给她听，还在炉子上烤面包给她吃。还有一次，在他们的母亲还活着的时候，他们全家去了豪斯山吃野餐。她记得她父亲为了引孩子们发笑，还戴上了她母亲的无边软帽。

她的时间不多了，但她仍然坐在窗前，把头靠在窗帘上，把印花布上的尘土味吸入鼻子里。她能听到街上的风琴声从大街的尽头飘来；她熟悉这种氛围。奇怪的是，偏偏在那天晚上她想起了自己对母亲发过的誓，她保证会让家人都守在一起，能守多久就守多久。她记得母亲临终前的那天晚上；她又一次待在大厅另一侧的那间几乎伸手不见五指的房间里，外面传来一首忧郁的意大利乐曲。人家给了弹管风琴的那个人六便士，让他马上离开。她记得她父亲昂首阔步地走回病室，嘴里嚷着：

"该死的意大利佬！闹到这里来了！"

她沉思着母亲可怜又短暂的一生——平凡奉献的一生，最后终结于发疯。她又听见了母亲临终时的声音，不禁颤抖起来。母亲不停地说着这句疯话：

"Derevaun Seraun！ Derevaun Seraun！" ①

①　研究乔伊斯的学者们至今未能破解这句话的意思。有几种猜测：它有可能是爱尔兰西部盖尔话的一种方言，即"deireadh amhain sarain"，意为"death is very near"（死亡已近），或"worms are the only end"（葬身虫腹是唯一的结局）。

她在一阵突如其来的恐惧中站了起来。逃走！她必须逃走！弗兰克会救她的。他会给她新生活，也许还有爱。但是她想活下去。她为什么不能幸福呢？她有权得到幸福。弗兰克会拉住她，把她搂在怀里。他会救她。

她站在北墙①上川流不息的人群中。他拉着她的手，她知道他在跟她说话，一次又一次地说着关于这次航程的什么内容。

码头上满是提着棕色袋子的士兵。透过棚屋区的一扇扇大门，她瞥了一眼停泊在码头岸边的黑色的大轮船，舷窗上映着灯光。她什么也没有回答。她感觉自己的面孔苍白、冰凉，她在一座痛苦的迷宫里祈祷上帝给她指引，让她明白自己的责任在哪里。轮船对着迷雾吹出一声悠长的、凄厉的汽笛声。如果她走了，明天她就会和弗兰克一起在海上航行，向着布宜诺斯艾利斯航行。他们已订好船票。他为她做了这么多，她还能退缩吗？她的痛苦引起了身体里的一阵恶心感，她不停地哆嗦着嘴唇，说着一句句无声的、热烈的祈祷。

一记钟声敲响在她的心上。她觉得他抓住了她的手：

"来吧！"

大江大浪在她的心里汹涌澎湃着。他在把她引入风口浪尖；他会淹死她。她双手紧紧抓住铁栏杆。

"来吧！"

不！不！不！这是不可能的。她的手疯狂地抓着栏杆。她

_____

① 开往英国的轮船的登船码头。

对着大海发出一声痛苦的哀号!

"伊芙琳! 伊芙!"

他已经冲过栅栏,回头叫她跟上。后面的人流催着他往前走,但他还在叫她。她脸色苍白地看着他,面无表情,像一只无助的动物。她的眼睛里没有任何爱的迹象,也没有和他告别的意思,就像根本不认识他一样。

赛车后

汽车飞快地驶向都柏林，像子弹一样平稳地奔驰在纳斯路的车道上。在仁奇科山村的一座山顶，观光客们成群结队地聚集在一起，看着一辆辆赛车向着终点冲刺，通过这条贫困和萧条的通道，欧洲大陆加速了它的财富和工业化。人群时不时地发出欢呼，为那些落后者鼓气。然而，他们的同情是给那些蓝颜色的汽车的——那是他们朋友的车，法国人的车。

况且，法国人也确实是胜利者。他们的车队大获全胜；他们排名在第二和第三位，另外据报道说，第一名的德国车的驾驶员是一个比利时人。所以，每辆蓝色的车爬上山顶时都会受到格外热情的欢迎，坐在车内的赛车手们也都以微笑和点头来回应每一声欢呼。在这些线条流畅的赛车中，有一辆上面坐了四个小伙子，他们目前的精神状态似乎远高于为祖国争光的荣誉感：实际上，这四个年轻人简直欣喜若狂。他们分别是车主查尔斯·塞古因；安德烈·里维埃，加拿大出生的青年电工；高大的匈牙利人维洛纳和一个衣冠楚楚的叫道尔的小伙子。塞古因心情很好，因为他意外地提前接到了一批订单（他准备在巴黎开一家汽车行），里维埃心情很好，因为他将被任命为这家车行的总经理，这两个小伙子（他们是表兄弟）心情这么好，也因为法国车队的胜利。维洛纳心情很好，因为他吃了一顿十分满意的午餐；而且他天生是个乐观主义者。然而，这一组人里的第四个成员，因为太兴奋而无法获得真正的快乐。

他大约二十六岁，有一副柔柔的浅棕色小胡子和一双看起来很天真的灰色眼睛。他父亲起初是一个激进的民族主义者，后来很快就改变了自己的观点。他在金斯敦当屠夫赚钱，又在都柏林和郊区开店，于是赚的钱又翻了好几倍。他还有幸搞定了一些警察保护协议，最后他富到了名字登上都柏林报纸的程度，报上称他为商界王子。他把儿子送到英国，让他在一所规模庞大的天主教学院接受教育，后来又把他送到都柏林大学学法律。但吉米学习不是很认真，而且有一段时间还走上了邪道。他有钱，很受欢迎；而且他把自己的时间有趣地分为音乐圈和赛车圈。后来他又被送去剑桥，去那里学一个学期，去增加一点人生阅历。他父亲表面上有怨言，心底却为自己的富有而骄傲，他付清了儿子的账目，把他带回家。他是在剑桥遇见塞古因的。他们的关系不过是相识而已，但吉米为自己能够和一个这么见多识广而且据说在法国拥有几座最大的酒店的人交友而无比开心。这样一个人（正如他父亲所同意的）是非常值得结交的，哪怕他不是一个可爱的伙伴。维洛纳也很讨人喜欢——

他是个杰出的钢琴家——但不幸的是，他很穷。

那辆车载着一车兴高采烈的年轻人，快快乐乐地向前行驶。两个表兄弟坐在前排；吉米和他的匈牙利朋友坐在后面。显然，维洛纳精气神很足，在绵延数英里的路上，他一直用低沉的声音哼着一首曲子。法国人时而哈哈大笑，时而扭过头来和他们说上两句，为了听清他们说的，吉米不得不把身子尽量往前倾。这对他来说并不是件非常愉快的事，因为他几乎总得要头脑敏捷地猜出他们话里的意思，然后还得顶着强风把一个合适的答案喊给他们。此外，维洛纳的哼哼也令人腻烦；还有汽车的噪声也是。

在道路上高速行驶会使人兴奋；招摇过市也会；兜里有钱也会。这是吉米为什么这么兴奋的三个好理由。那天，他的许多朋友看见他和这些来自欧洲大陆的家伙在一起。在中途停靠站，塞古因把一个法国赛车手介绍给了他，在他说出一连串模糊不清的恭维话后，那位赛车手的黝黑的脸上露出一排亮晶晶的大白牙。在那份荣幸之后，回到熙熙攘攘、眉来眼去的观众们的低俗世界是令人愉快的。再来说钱——在他名下确实有一大笔钱。塞古因也许不会认为这是个大数目，但是吉米，尽管他有一段时间花天酒地，本质上还是一个守本分的人，他很清楚要赚这么多钱有多么不易。这种知识以前总能把他的账单控制在合理的挥霍范围内，如果他对金钱方面潜在的费心费力有这么强的意识，那么在涉及智商更高的投资问题时，他还会拿出多少财产来冒险呢！对他来说，这是件严肃的事。

当然，这项投资是一笔不错的投资，塞古因设法做到了给

赛车后

他这么一种印象：他纯粹是出于友谊才让这么一点可怜的爱尔兰钱加入到这项投资里的。吉米非常敬重他父亲在做生意上的精明，在这个项目上他父亲是第一个提出投资的人；靠做汽车生意赚钱，发大财。此外，塞古因有着毋庸置疑的富豪气质。吉米对他坐着的这辆豪车已经迷恋了好几天。它跑得多么平稳。在沿着乡间小路飞驰时，它看上去是多么优雅啊！这趟旅途用神奇的手指触摸到了真正的生命脉搏，而人类的神经组织也在积极地回应着这只敏捷的蓝色动物所做的跳跃运动。

他们开车沿着贵妇街行驶。街道上交通格外繁忙，汽车司机的喇叭声，电车司机不耐烦的打铃声。塞古因在银行附近停下车来，吉米和他的朋友下了车。一小群人聚集在人行道上，向大喘气的汽车致敬。这群人打算在塞古因的酒店一起吃晚饭，同时，吉米和他的朋友——他和吉米住在一起，准备回家换一身衣服。汽车慢悠悠地向格拉夫顿街驶出去，这时两个年轻人挤出了围观的人群。他们向北走去，心里怀着一种莫名的怅惘感，而市里的一盏盏圆形路灯也在夏日傍晚的薄雾中把一片苍白撒向他们的头顶。

吉米的家人把这顿晚餐理解为是一次机遇。他为自己感到的骄傲里混杂着父母的惶恐，他迫切地渴望着去潇洒一回，因为这些外国大城市的名字听上去就很潇洒。吉米穿好衣服看上去也很潇洒，当他站在大厅里对他衣服上的领结做最后一次调整时，他父亲可能甚至会感到一种自我推销的满足感，因为他亲眼看到了儿子身上那难能可贵的气质。因此，他父亲对维洛纳的态度异常友好，显示出对国外成功人士的无比尊重；但他这种作为东道主的微妙感情很可能在匈牙利人身上白费了劲，因为他已经在强烈地渴望着那顿晚餐。

晚餐很棒，很精致。按照吉米的判断，塞古因具有非常高雅的品味。晚餐时多出了一个人，一个名叫劳斯的英国小伙，吉米在剑桥时曾见过他和塞古因在一起。这群年轻人坐在一间用电蜡烛照明的舒适的房间里用餐。他们滔滔不绝地侃侃而谈，尽情地交流。吉米的想象力在燃烧，他觉得法国青年的生机勃勃和英国小伙的朴实沉稳正在优雅地融为一体。他想到，这正是他需要的一个优雅的形象，合适的形象。他佩服主人灵活地引导话题的本事。这五个年轻人有着各自不同的爱好，他们百无禁忌地畅谈着。维洛纳怀着极大的敬意，开始表达自己对优美的英国情歌的喜爱，并对古乐器的失传表示痛惜，这使得那位英国人感到有些意外。里维埃，并非十分坦诚地，向吉米解释了法国机械师的成就。声如洪钟的匈牙利人尽情地嘲笑浪漫主义画家的故弄玄虚，塞古因巧妙地将话题转向政治。这是大家的共同话题。吉米在大家的影响下，感觉到被他父亲埋葬了的、在他内心里的那股对生命的热情苏醒过来；最后他还感染到了冷漠的劳斯。房间里越来越热，塞古因的东道主任务在分分秒秒间变得越来越艰巨；甚至出现了大打出手的苗头。警觉的东道主瞅准机会举起酒杯，为人类的博爱干杯，大家干掉后，他又意味深长地打开了一扇窗户。

那天晚上，这座城市戴着一副首都的面具①。五个年轻人

---

① 都柏林尽管是首都，但真正的政治中心却在英国的威斯敏斯特议会。

在淡淡的、芳香的烟雾中沿着斯蒂芬绿园漫步。他们欢快地高谈阔论，他们的披风从肩膀上垂下来。路人们纷纷为他们让路。在格拉夫顿街的拐角处，一个矮胖子把两个漂亮的女人请上车，开车的是另一个胖子。汽车开走了，矮胖子看见了他们一伙人。

"安德烈。"

"是法利啊！"

接着是滔滔不绝的对话。法利是美国人。没人确切地知道他们在谈些什么。维洛纳和里维埃是最叽叽嘎嘎的，但他们每个人都很兴奋。他们全都上了一辆车，推推搡搡，嘻嘻哈哈。他们开车经过人群，此时他们又融入一种柔和的色彩，伴随着一串欢快的铃音。他们在韦斯特兰站乘上一辆电车，过了几秒钟，吉米如此觉得，他们从金斯敦车站出来。检票员对吉米敬了一个礼；他是个老人：

"晚安，先生！"

那是一个宁静的夏夜，海港像一面黑漆漆的镜子躺在他们的脚下。他们挽着手，齐声高唱着《士官生鲁塞尔》①，向港口走去，每当唱到"嚯！嚯！嚯嘞，真好啊！"这句，他们都会跺跺脚。

他们在船坞上登上了一条舢板，向着美国人的游艇划去。接下来会有晚餐，音乐，纸牌。维洛纳自信地说：

"太开心了！"

游艇的船舱里放着一架钢琴。维洛纳为法利和里维埃弹了

---

① 法国大革命时期的一支进行曲。

一曲华尔兹，法利扮演骑士，里维埃扮演淑女。然后是即兴的方阵舞，这群男人摆出各种独创的舞姿。多么愉快！吉米也自愿地加入了；至少，这是在见识人生。然后，法利上气不接下气地喊道："停！"有个人端上来一顿简易的晚餐，小伙子们象征性地坐下。不过，他们喝酒了：这是波希米亚式的生活。他们为爱尔兰、英国、法国、匈牙利、美利坚合众国干杯。吉米发表了演讲，一篇长篇大论，每当他暂停时，维洛纳就说："听啊！听啊！"他讲完坐下时，他们热烈鼓掌。肯定是一次精彩的演讲。法利拍拍他的后背，哈哈大笑。多快活的人啊！多么好的伙伴啊！

打牌！打牌！桌子收拾好了。维洛纳悄悄地回到钢琴旁边，自发地为他们弹琴助兴。其他人打了一局又一局，义无反顾地投身到这场冒险的游戏中。他们为红桃皇后和方块皇后的健康干杯。

吉米隐隐地觉得没人在听音乐：都在全力以赴地斗智斗勇。赌注越来越大，钞票像流水般溜走。吉米不知道到底谁是赢家，但他知道自己在输钱。但这是他自己的错，因为他常常出错牌，所以别人不得不算一下他总共输了多少钱。他们打起牌来简直像魔鬼，他希望他们能停下来：天已经很晚了。有人举杯祝福这艘"新港之花"号游艇，紧接着另一个人提议最后再来玩一局大的。

钢琴声停了，维洛纳肯定到甲板上去了。这是一场糟糕的牌戏。他们在结束前停了下来，喝一杯酒祝自己好运。吉米明白这场赌局真正的对手是劳斯和塞古因。多刺激啊！吉米也很兴奋，当然，他肯定输。他已经写下了多少张欠条？小伙子们站起来玩最后一局，不停地说话，打手势。劳斯赢了。船舱里洋溢着年轻人的欢呼声，纸牌收起来了。他们开始收赢到的钱。法利和吉米输得最惨。

他知道一到早上他就会后悔，但此时他很高兴，因为他可以休息了，因为浓浓的夜色可以遮盖住他的愚蠢。他把胳膊肘靠在桌子上，双手捂住脑袋，数着太阳穴上的脉搏。舱门打开，他看到匈牙利人站在一束灰白的光线里：

"天亮了，先生们！"

两个浪子

八月那灰蒙蒙的、温暖的夜色降临到这座城市，暖洋洋的空气，夏天的记忆，飘浮在大街上。街道上，星期天打烊的商店关着卷帘门，穿着色彩缤纷的服装的、兴高采烈的人群蜂拥而至。灯光从高高的电线杆的顶上照下来，如光灿灿的珍珠，照着底下的芸芸众生，轮廓与色调不断变化着的芸芸众生，不停地往温暖的、灰暗的夜空中吐出一成不变的呢喃声。

两个年轻人从鲁特兰广场的山坡上下来。其中一个正说到一段长篇独白的末尾。另一个，走在小路的边缘，因为同伴粗鲁的强迫，时而也会走上大路，脸上一副听得津津有味的表情。此人矮胖身材，脸膛红润。一顶游艇帽被推到离前额很远的后脑勺，他听到的陈述不断地激起他面部表情的起伏变化，从鼻翼、眼睛和嘴角处表露出来。一阵阵短促的、嗤嗤的笑声接二连三地从他抽搐的身体里爆发出来。他的眼睛闪烁着狡猾的喜悦，每时每刻都在注视着同伴的脸。他不时地将按斗牛士式样挂在一个肩膀上的轻便雨披重新摆好。他的马裤、他的白色胶鞋，以及他潇洒地挂在肩头的雨披都展示出他的青春。但是他的身材在肚子的部位已显得圆滚滚了，他的头发稀疏、灰白，他的脸，当表情的涟漪掠过时，显得相当憔悴。

当他确信同伴的独白已经说完时，便无声地微笑了足足半分钟。然后他说：

"好啊！……说得太妙了！ ①"

他的声音似乎失去了活力；为了加重语气，他又幽默地加了一句：

"说得真绝了，那么独特，而且，如果我可以这么说的话，简直是出类拔萃！"

说完这句，他变得严肃而沉默。他的舌头打结了，因为他整个下午都在多塞特街的一家小酒馆里侃大山。大多数人认为莱尼汉是个吸血鬼，但尽管他有这种名声，他的机智和口才总能阻止他的朋友们想出任何招来对付他。他会勇敢地去参加人们在酒吧里的聚会，一开始他会机敏地待在聚会人群的边上，最终他会融入进去。他是个游手好闲的人，肚子里藏着大量的故事、打油诗，还有谜语。他对各种侮辱他的言行都反应迟钝。没有人知道他是如何扛住生活给他的艰巨考验的，但他的名字与赛马彩票似乎有些关联。

"你是在哪里搭上她的，科利？"他问。

---

① 原文"takes the biscuit"是一句俚语，表示无人能及之最，有惊诧意。

科利迅速地用舌头在上唇上舔了一圈。

"一天晚上，伙计，"他说，"我沿着贵妇街走，在沃特豪斯钟下面看见一个俏佳人，我对她说晚上好，你知道。于是我们在运河边上散起步来，她告诉我说她是巴戈特街上的一所房子里的女佣。那天晚上，我张开胳膊紧紧地搂了她好一会儿。接下来的星期天，老兄，我们又约好见了面。我们去了唐尼布鲁克[①]，我把她带到一片田野里。她告诉我她以前和一个奶场工人在一起……这没关系的，伙计。每天晚上她都会给我带香烟，为我付来回的电车费。还有一天晚上，她给我带了两支真他妈好的雪茄——哦，真正的上等货，你知道，就是老烟鬼常抽的那种……我怕她会被搞大肚子，老兄，但她知道该如何避免。"

"也许她认为你会娶她。"莱尼汉说。

"我告诉她我没有工作，"科利说，"我告诉她我以前在皮姆那儿干过。她不知道我的名字。我多有经验啊，不会告诉她我的名字的。但她觉得我风度翩翩的，你知道。"

莱尼汉又默默地笑了起来。

"在我听过的风流韵事里，"他说，"这个可太妙了。"

科利迈开大步，接受了这句对他的称赞。他那魁梧的身体一摇一摆的，使他的朋友在小路和大道之间跳来跳去。科利是一个警务督察官的儿子，继承了他父亲的体格和步态。他的双

---

① 都柏林东南端位于多德尔河边的郊区，曾经在每年八月举行唐尼布鲁克集市，以酒色、赌斗著名。后来成为众所周知的不法之事聚集地。

手放在身体两侧，挺直身子，脑袋左右摇晃地走着。他的脑袋又大又圆，油光锃亮；一年四季头上冒汗；他那顶大圆顶帽子，歪戴在脑袋上面，看上去像一个灯泡里长出来的又一个灯泡。他总是双眼直视前方，就好像在参加游行，当他想盯着街上的某个人看的时候，必须先把屁股挪动一下位置。目前，他只是在城里闲逛。每当有工作空缺时，他的某个朋友总会鼓励他去做。经常有人看见他和穿着便衣的警察走在一起，热切地说着什么。他知道所有事情的内幕，喜欢下最后的结论。他说话滔滔不绝，从来不听哥们说话。他说的话主要都是关于他自己的：他对谁谁谁说了什么话，谁谁谁又对他说了什么话，最后他说了什么来摆平了这件事。当他汇报这些对话时，会像佛罗伦萨人那样用送气音发出自己名字的首字母①。

莱尼汉递给他朋友一支烟。两个年轻人继续在人群里向前走，科利偶尔会对一些路过的姑娘们微笑，但莱尼汉的目光却专注地盯着那轮朦胧的大月亮，外面裹着双层的月晕。他热切地注视着薄暮的灰云掠过月亮的脸庞。最后他说：

"嗯……告诉我，科利，我想你能把一切都搞定的，对吧？"

科利以风趣的眨眼作答。

"她会乐意这么做吗？"莱尼汉怀疑地问，"你永远搞不懂女人。"

"她没事的，"科利说，"我有办法说服她的，伙计。她有点迷上我了。"

---

① 将"c"发成"h"，即将"科利"（Corley）读成"霍利"（Horley）。

"你就是我所说的情场老手，"莱尼汉说，"还是一条程度适中的色狼！"

一丝嘲弄减弱了他态度里的那种卑躬屈膝的味道。为了保全自己的面子，他有个习惯就是把公开的奉承以一种讽刺的方式表达出来。但科利可没有那么微妙的头脑。

"泡一个好女佣没有任何难度，"他肯定地说，"信不信由你。"

"对一个泡过各种妞的人来说，是的。"莱尼汉说。

"首先，我以前常和女孩子混在一起，"科利说，推心置腹地，"南环路一带的女孩子。我以前经常带她们出去，伙计，坐电车去什么地方，付电车费，或带她们去戏院看乐队演出或看戏，或者给她们买巧克力和糖果什么的。我以前在她们身上可没少花钱啊。"他用令人信服的语气找补道，就好像他意识到别人不相信他似的。

但莱尼汉完全相信；他一本正经地点头。

"我知道那种把戏，"他说，"这是傻瓜的把戏。"

"见鬼去吧，我总算脱身了。"科利说。

"说得没错。"莱尼汉说。

"其中只有一个例外。"科利说。

他用舌头舔湿了上唇。回忆使他的眼睛闪闪发光。他也凝视着苍白的圆月，此时几乎蒙上了一层面纱，似乎陷入了沉思。

"她是……蛮不错的。"他遗憾地说。

他又沉默了。然后他又说：

"如今她成了妓女。一天晚上我看见她在伯爵街上开车，有两个男人和她一起在车上。"

"我估计那是被你害的。"莱尼汉说。

"在我之前她还有别的男人呢。"科利不动声色地说。

这一次，莱尼汉觉得不太可信。他摇了摇头，莞尔一笑。

"你知道，你骗不了我的，科利。"他说。

"我对上帝发誓！"科利说，"她不是自己告诉我的吗？"

莱尼汉做了一个悲剧的手势。

"欺骗朋友！"他说。

他们走过三一学院的围栏时，莱尼汉又跳到了马路上，抬头盯着钟看。

"迟了二十分钟了。"他说。

"时间够的，"科利说，"她会在那里的。我总是让她等一小会儿。"

莱尼汉平静地笑了。

"妙！科利，你知道怎么对付她们。"他说。

"她们所有的小把戏我都能搞定。"科利承认。

"但是告诉我，"莱尼汉又说，"你确定你能搞定吗？你知道这是件棘手的事。她们在那个问题上可不好糊弄。是吧？……你觉得呢？"

他那双明亮的小眼睛在同伴的脸上寻找答案。科利摇摇头，好像要把一条叮着他的虫子抖掉，眉头紧锁。

"我会搞定的，"他说，"你就别管了，好吗？"

莱尼汉不再说下去。他不想惹怒他的朋友，不想被朋友臭骂一顿，对他说自己不需要他的建议。这里需要一点技巧。但科利的眉头很快又舒展开来。他的思路转向另一个频道。

"她是个很好的、体面的靓妞，"他赞赏地说，"她就是这样的。"

他们沿着拿骚街走，然后转入基尔代尔街。离俱乐部门廊不远处，一个弹竖琴的人站在路上，给围着他的一小圈听众弹琴。他信手拨弄着琴弦，不时还飞快地瞥一眼每个新来者的脸，还不时疲惫地望一望天空。他的竖琴也像他一样随意，琴罩已经掉落了一半，看上去就像听众的眼神和弹琴者的手一般有气无力。一只手在低音部演奏着《哦，莫伊尔，请保持沉默》①的旋律，而另一只手在每一组音符后飞速地弹出高音部分。颤动的曲调听起来很深沉，很饱满。

两个年轻人走在街上，没有说话，悲哀的乐声跟随着他们。他们走到斯蒂芬绿园后，过了马路。这里，电车的嘈杂声、灯光和人群打破了他们之间尴尬的沉默。

"她在那儿呢！"科利说。

休谟街拐角处站着一位年轻女子。她穿着一件蓝色连衣裙，戴着一顶白色水手帽。她站在路沿石上，一只手里拿着一把遮阳伞。莱尼汉一下子来了兴头。

"我们好好看看她，科利。"他说。

科利朝他的朋友翻了个白眼，脸上露出了并不愉快的笑容。

"你想插一脚吗？"他问。

"去你的！"莱尼汉大胆地说，"我不想你把我介绍给她。我只是想看看她。我又不会吃了她。"

---

① 出自托马斯·摩尔的《爱尔兰谣曲集》中的《费奥努拉之歌》。

"哦……看看她？"科利说，语气缓和下来，"嗯……我告诉你怎么办吧。我走过去和她聊聊，你可以从我们旁边走过去。"

"对！"莱尼汉说。

科利的一条腿已经跨过了路栏，莱尼汉朝他喊道：

"之后呢？我们在哪里碰头？"

"十点半。"科利回答，一边把另一条腿也跨过去。

"在哪里？"

"梅里恩街的拐角。我们会回来的。"

"你好好干吧。"莱尼汉说着和他拜拜。

科利没有回答。他摇头晃脑、悠闲地穿过马路。他的大块头，他的轻松步伐，以及他的靴子发出的踏实的声音，都带着些征服者的味道。他走近那个年轻姑娘，招呼也不打，就直接和她说上了。她更快地转动阳伞，身体向他微微转过去。当他凑近她说话时，她笑了一两次，垂下头去。

莱尼汉观察了他们几分钟。然后，他飞快地沿着隔了一点距离的路栏往前走，斜穿过马路。他走到休谟街角时，发觉空气中弥漫着浓烈的香味，他的眼睛迅速地、好奇地观察了一下那个年轻女子的容貌。她穿着星期天的盛装。她的蓝色的哔叽裙在腰间系着一条黑色的皮带。腰带上的大银扣子似乎镇住了她身体的中心，像个夹子似的扣牢了她那件轻薄的白衬衫。她穿着一件黑色的短外套，外套上有一排珍珠母纽扣，还有一只破旧的、黑色的毛领子。她薄纱披肩的底端故意地松开，露出系在胸口的一大束红花，花枝朝上。莱尼汉的眼睛欣赏地注意到她那结实的、矮小的、肌肉发达的身体。她的脸庞，她那红润的胖脸颊，还有她那坦率的蓝眼睛，无不流露出率直、粗犷的健康气息。她的五官是粗线条的。她有宽阔的鼻孔，一张大嘴舒舒服服地张开着，露出两颗突出的门牙。经过他们身边时，莱尼汉摘下了帽子，过了大约十秒钟后，科利对着天空回礼。他是这样回礼的：微微抬起手来，若有所思地转动了一下帽子的位置。

莱尼汉一直走到谢尔伯恩饭店才停下来，在那里等他们。等了一会儿，他看见他们朝他走来，当他们右转的时候，他跟上他们，穿着白鞋子轻轻地尾随其后，走到梅里恩广场的一边。他慢慢地走，使自己的步子和他们保持一致，看着科利的脑袋每时每刻都转向年轻女子的脸，就像在一根枢轴上旋转着的一只大皮球。他一直盯着那两个人，直到看见他们登上开往唐尼布鲁克的电车；然后他转过身去，沿原路返回。

现在他独自一人，他的脸显得更苍老。他的兴头也似乎没了，当他走到公爵草坪的栏杆边上时，他的手一路触碰着栏杆。竖琴乐手弹着的那首曲子开始影响到了他的动作。他那双垫着软垫的脚踏出了旋律，他的手指在每一组音符后悠悠地打着拍子。

他无精打采地绕着斯蒂芬绿园走，然后沿着格拉夫顿街往南走。尽管他的眼睛在观察着从他旁边经过的路人，但他的眼神却很忧郁。他发现原本会让他产生兴趣的一切都很无聊，他对那些大胆地向他抛来的秋波无动于衷。他知道要泡姐就得说很多话，编很多故事，讲很多笑话，但他的脑子和喉咙都干透了，干不了这样的活。和科利碰头前的几个小时该如何打发，这个问题有点困扰他。除了继续往前走，他想不出别的办法。他走到拉特兰广场后往左拐，走在黑暗、宁静的街上他感到更自在，这片阴郁的街景很适合他此时的心情。他终于在一家看上去破破烂烂的商店的橱窗前停了下来，橱窗上印着白色的字"点心铺"。窗玻璃上还有两个龙飞凤舞的花体字：姜汁啤酒和淡味啤酒。一条切好的火腿陈列在一只蓝色的大碟子上，大碟子旁边的一只盘子上盛着一块颜色很淡的葡萄干布丁。他仔细地看了一会儿这些食物，然后小心翼翼地往街道的两边看了一眼，就迅速地走进了这家铺子。

他饿了，从早饭到现在，除了问小气的酒吧招待讨的几块饼干外，他什么也没吃。他坐在一张没有铺台布的木桌前，对面坐着两个女工和一个机修工。一个邋遢的女孩过来为他服务。

"一盘豌豆多少钱？"他问。

"一个半便士，先生。"女孩说。

"我要一盘豌豆，"他说，"再加一瓶姜汁啤酒。"

他进去时那桌人停止了说话，为了打破凝重的气氛，他故意把话说得很粗鲁。他的脸很热。为了显得自然，他把帽子往后脑勺一推，把胳膊肘搁在桌子上。机修工和两个女工从头到脚审视着他，然后又低声地继续交谈。那个女孩给他端来一盘热豌豆，浇上胡椒粉和醋，一把叉子和一瓶姜汁啤酒。他贪婪地吃着食物，发觉味道好极了，就在心里记下了这家店名。他把豌豆全部吃完，然后喝了一口姜汁啤酒，坐在那里想了一会儿科利的艳遇。在他的想象中，他看到了那对恋人走在一条黑黢黢的路上；他听到了科利一个劲儿献殷勤的声音，再次看到了年轻女子嘴角上露出来的媚笑。这个幻觉使他深切地感到自己在金钱和精神上的双重贫瘠。他厌倦了四处闲荡，厌倦了身无分文，厌倦了捉弄人。到十一月他就满三十一岁了。他永远也找不到一份好工作了吗？永远也不会有一个自己的家了吗？他想到，要是有一个温暖的火炉可以坐在旁边，有一顿丰盛的晚餐可以让他享用，该有多幸福啊。他已经和朋友们和姑娘们在大街上浪荡得太久了。他知道那帮朋友的底细，也了解那些姑娘。这样的经历使他对这个世界充满了怨恨。但是，他也并非毫无希望。吃过东西后，他感觉比之前好多了，对生活不那么厌倦了，在精神上也不那么沮丧了。他也许还能在某个舒适的一隅安顿下来，过上幸福的生活，只要他能找到一个心地单纯且有一点积蓄的好姑娘。

他付了两便士，半便士给那个邋遢的女孩，然后走出了点心铺，重新开始他的漫游。他走进卡佩尔街，沿着那条街向市政厅走。然后他拐进了贵妇街。走到乔治街的拐角处，他遇到了两个朋友，就停下来和他们说话。他很高兴自己能停下来休息一会儿。朋友们问他有没有看到科利，问他近况如何。他回答说他今天一天都和科利待在一起。他的朋友们话不是很多。他们茫然地看着人群中的某个人，时而会发表一番评语。有人说他一小时前在西摩兰街见过麦克。莱尼汉随即说昨天晚上他和麦克都在伊根酒吧。在西摩兰街看见麦克的那个小伙子问他，麦克是否真的在一场台球比赛中赢了一点钱。莱尼汉不知道：他说霍罗汉在伊根酒吧请他们喝酒。

他在九点三刻离开朋友，沿着乔治街往北走。他在市集左转，继续走到格拉夫顿街。街上的姑娘和小伙渐渐少了，在他往北走的一路上，他听到有许多人、许多情侣在互相道别。他一直走到外科医学院的钟楼那里：大钟刚好敲响十点。他急匆匆地沿着绿园的北边走，担心科利会提前回来。走到梅里恩街的拐角处，他在一盏路灯下停住了脚步，掏出一支剩下的香烟点上。他靠在灯柱上，目不转睛地盯着他估计会看到科利和那个年轻女人回来的地方。

他的头脑又活跃起来。他想知道科利是否成功搞定了。他想知道他是否已经问过她，还是准备留到最后才问。他分享着朋友的处境里的所有痛苦与激动，就像那是他自己的处境。但是，在他的脑子里徐徐盘旋着的科利的记忆最终使他平静下来：他确信科利会得手的。他突然想到，科利也许会撇下他，走另一条路送她回家。他的眼睛搜索着街道，没有他们的踪迹。但从他看到外科医学院的钟楼起确实已过了半小时。科利会做那种事吗？他点燃最后一支烟，紧张兮兮地抽起来。每辆电车在广场的远处停下时，他都会眯起眼睛仔细看。他们一定是从另一条路回家了。他的香烟卷纸破了，他骂骂咧咧地把烟蒂扔在地上。

突然，他看见他们朝他走来。他十分惊喜，他紧紧地靠着路灯柱，试图从他们的步态中看出事情的进展情况。他们走得很快，年轻的女人迈着迅疾的小步子，科利迈着大步走在她旁边。他们似乎没有在说话。他们的沉默所暗示出的结果像一把尖刀刺痛了他。他早知道科利会失败；他早知道他们之间没戏。

他们拐向巴戈特街往南走，他立刻跟上他们，走在他们对面的一条人行道上。当他们停下来时，他也停了下来。他们聊了一会儿，然后那个年轻女子走上台阶，走进一幢房子。科利仍然站在离台阶不远处的路沿上。又过了几分钟。然后，门厅的大门慢慢地、小心翼翼地打开了。一个女人从台阶上跑下来，一边咳嗽着。科利转身朝她走去。有那么一小会儿，他宽阔的身躯遮挡住了她，然后她又兴冲冲地跑上了台阶。门在她的身后关上了，科利快步走向斯蒂芬绿园。

莱尼汉急忙朝同一个方向走去。几滴小雨落下。他把它们视为一种不祥之兆，就回头看了一眼年轻女子走进去的那所房子，确认她是不会看见他的，这才急切地过了马路。焦虑和快速的奔跑使他气喘吁吁。他喊道：

"喂，科利！"

科利转过头去看看是谁在叫他，然后继续像刚才一样往前走。莱尼汉追上他，一只手把一件雨衣披上肩膀。

"喂，科利！"他又喊道。

他走到朋友身旁，目光犀利地看着他的脸。他没有看见任何表情。

"怎么样？"他问，"事情成了没有？"

他们已经走到了艾利广场的拐角处。科利仍然没有回答，他转向左边，走上了一条小巷。他的表情沉着冷静。莱尼汉一直跟在他的朋友后面，呼吸很急促。他感到疑惑，他的声音里带着一丝威胁的味道。

"你不能告诉我吗？"他说，"你搞定她了吗？"

科利在第一盏路灯前停了下来，恶狠狠地瞪着他。然后，他用一个一本正经的手势，对着灯光伸出了一只手，微笑着，在他的小跟班的注视下，慢慢地打开了掌心。一枚小小的金币在他的掌心里闪闪发光。

寄宿公寓

穆尼夫人是屠夫的女儿。她是个很能保守秘密的女人：一个性格坚定的女人。她嫁给了她父亲的工头，在春天花园附近开了一家肉铺。但是他岳父一死，穆尼先生就开始堕落了。他酗酒，他从柜子里偷钱，他债台高筑。让他发誓改正也毫无用处：几天后他保证又会故伎重演。当着顾客的面和他妻子吵架，出售劣质的猪肉，他就这么毁了自己的生意。有天晚上他提着一把杀猪刀去找他的妻子，她只得睡在一个邻居的家里。

之后他们分居了。她去找牧师，拿到了离婚许可，孩子归她抚养。她一分钱也不给他，也不管他吃，更不管他住，所以他不得不去法警手下当了一名杂役。他是个衣衫褴褛、弯腰驼背的小酒鬼，一张苍白的脸，一副白胡子，布满血丝、浑浊不清的小眼睛上面有一对白眉毛；他整天坐在法警的房间里，等着被安排工作。穆尼夫人，她把开肉铺剩下的钱取出来，在哈德威克街上开了一家寄宿公寓，她是一个高大、威严的女人。她的房子里住着流动人口，有从利物浦和马恩岛来的游客，偶尔还有来自音乐厅的艺术家。也有常住人口，从市里来的办事员。她精明而严格地管理着她的房子，知道什么时候可以同意拖欠，什么时候必须坚决收取，什么时候可以免收房租。所有常住在这里的年轻人都管她叫"夫人"①。

租住在她那儿的年轻人每周需付十五先令的膳宿费用（啤酒或黑啤不包括在晚餐内）。他们有共同的爱好和职业，因此他们彼此之间亲密无比。他们互相讨论哪些人可以视为同道，哪些人又是异己。夫人的儿子杰克·穆尼，舰队街上的佣金代理所的一名办事员，是个声名狼藉的人。他爱说士兵们说的那种下流话，他通常总在半夜三更回家。当他遇到朋友时，他总有一个好消息要告诉他们，他总是确信自己打听到了什么内部消息——比如说，某匹赛马可能会赢，或者某个艺人可能会走红。他也很擅长拳击和唱滑稽歌曲。星期天晚上，穆尼夫人的前厅里通常都会开派对。音乐厅来的艺人们会带来表演；谢里登会弹奏华尔兹、波尔卡舞曲或即兴伴奏。夫人的女儿波莉·穆尼也会唱歌。她会唱：

我是一个……淘气的姑娘。
你无须装模作样：
你知道我就是那样的。

———————
① "Madam"在俚语中有"老鸨"的意思。

波莉是一个十九岁的苗条姑娘，她有一头浅色的柔发，一张饱满的小嘴。她的眼睛，灰色里透着一丝绿色的阴翳，当她和别人说话时，会习惯性地往天上看，使她看上去就像个任性的少女①。穆尼夫人先是让她女儿在一家谷物商办事处当打字员，但是在法警处当差的那个声名狼藉的人常常每隔一天就会来一次办事处，要求允许他和女儿谈一谈，于是夫人又把女儿带回了家，让她在家里做家务。因为波莉是个很活泼的姑娘，所以夫人的本意是为了让她有更多接近小伙子们的机会。另外，小伙子们也总喜欢周围有个年轻姑娘的那种感觉。波莉当然跟那些年轻人调情了，但穆尼夫人是个精明的家长，知道年轻人只是在消磨时间：他们没人是当真的。很长一段时间里情况一直都是这样，穆尼夫人开始考虑让波莉回去打字，当她注意到波莉对其中一个年轻人有特别的好感时。她观察着他们俩，在心里盘算着。

波莉知道有人在监视她，虽然她母亲三缄其口，但她还是准确无误地明白了母亲的心思。她们母女之间没有公开的谋划，没有坦诚的协商，但是，尽管房客们都开始谈论这件事，穆尼夫人还是没有干预。波莉的言行举止开始显得有点奇怪，那个年轻人也明显开始忐忑不安。最后，当穆尼夫人认为时机已经成熟，她便开始插手了。她处理道德问题就像用菜刀切肉：就

————————

① 原文为"perverse madonna"，"madonna"意为圣母玛利亚，但不同于圣母的纯真无瑕，这里"perverse"表示"乖张、反常"。

这件事来说，她已经下定了决心。

那是在初夏一个晴朗的星期天早晨，天气越来越热，但有凉爽的清风吹拂。寄宿公寓里的每一扇窗户都打开着，花边窗帘对着窗台下面的街道微微飘扬。乔治教堂的钟楼里不断传出钟声，教徒们或单独或三三两两地走过教堂前的小型广场，他们戴着手套，手上拿着薄薄的经书，一副庄严肃穆的样子，这些无不表明他们是去做礼拜的。寄宿公寓内的早餐已经结束，早餐室里的桌子上放满了盘子，上面沾着黄色的蛋皮、培根的油脂和零零碎碎的培根硬皮。穆尼夫人坐在草秸编的扶手椅上，看着女佣玛丽把杯盘端走。她让玛丽把面包皮和碎面包收拾起来，好用它们来做星期二的面包布丁。等到餐桌都擦干净了，碎面包都收起来了，糖和黄油都在食橱里锁好了，她开始继续昨晚和波莉的那场对话。事情正如她所怀疑的那样，她坦率地提问，波莉坦率地回答。当然，两人都有点尴尬。她觉得尴尬是因为她不想在听到事实后过于随便地同意，或者表现出默许的样子，波莉觉得尴尬不仅仅是因为提到那种事情总会使她尴尬，还因为她不希望母亲觉得，她虽然天真但已经聪明地看出了在母亲宽容背后的真实意图。

穆尼夫人本能地瞥了一眼壁炉架上的那只镀金的小钟，当她在沉思中突然意识到乔治教堂的钟声已经停了。现在是十一点十七分：她还有足够的时间和多兰先生讨论此事，然后再去参加马尔伯勒街正午的小弥撒。她很确定她会赢的。首先，社会舆论全站在她这一边：她是个上当受骗的母亲。她允许他住在这个屋檐下，是因为她觉得他是一个懂道理的人，而他却完全辜负了她的一片好心。他的年龄在三十四或三十五岁，因此不能以年轻为借口；也不能以无知为借口，因为他是一个多少见过些世面的人。他只是利用了波莉的年轻、缺乏经验：这是显而易见的。问题是：他会做出怎样的补偿？

碰到这种情况，就必须做出补偿。对男人来说，根本就没事。他可以像什么都没发生过一样继续我行我素，反正他已经尝过了甜头，但姑娘家可是吃了大亏呀。有些母亲愿意以拿到一笔钱来收场；她知道有这种事的。但她不会这么做。对她来说，只有一种补偿可以弥补她女儿失去的清白：结婚。

在派玛丽去多兰先生的房间告诉他自己想和他谈一谈之前，她再次掂量了一下自己拥有的筹码。她确信她会赢的。他是个严肃的年轻人，不像其他人那么风流成性、叽叽呱呱。如果是谢里丹先生、米德先生或班塔姆·莱昂斯先生，那她的任务会困难得多。她认为他不会不在乎这件事传出去的。公寓里的每一个房客都多少知道一点这件事；有些人还添油加醋地说了一些细节。而且，他已经在一家信奉天主教的大酿酒商的事务所里任职了十三年，桃色新闻对他不利，也许，他会丢掉那份工作。当然啰，如果他同意的话，一切都会没事。首先她知道他的收入不错，其次她还怀疑他自己有点积蓄。

快到半了！她站起来，在穿衣镜前审视着自己。她那红润的大脸上的坚毅表情使她满意，她想起了一些她认识的没办法把女儿嫁出去的母亲。

多兰先生这个星期天的早上确实很焦虑。他试了两次要刮胡子，但他的手抖得太厉害了，最后只得放弃。下巴周围一圈是三天没刮的红胡子，每隔两三分钟眼镜上就会起雾，所以他不得不把它摘下来，用口袋里的手帕擦拭。想起他昨晚所做的忏悔就令他痛苦万分；牧师引诱他说出了这件事的每一个荒唐的细节，到最后还把他的罪过无限放大，以至于当牧师提出赎罪方案时他几乎要感激涕零了。伤害已经造成了。他现在除了娶她或逃走还能做什么？他无法做到无动于衷。人们肯定会谈论此事，他的雇主也一定会听到的。都柏林是座太小的城市：大家都知道彼此的底细。他感到自己的心已经跳到了嗓子眼，他在激动的想象中听到老伦纳德先生用刺耳的声音大声喊道："请叫多兰先生来一下。"

他长年的辛苦工作都将付诸东流！他所有的刻苦与勤奋都变成徒劳！作为一个小青年，他也干过荒唐事，那是自然；在酒吧间，他也曾在朋友们面前炫耀自己的自由思想，否认上帝的存在。但这一切都已是过去时，都已结束了……几乎结束了。尽管他还是每周买一份《雷诺兹周报》①，但他也履行自己的宗教职责，一年里的大部分时间都过着正经的生活。他有足够的钱来成家立业；这个不是问题。但他的家人会看不起她。首先她有一个声名狼藉的父亲，其次她母亲的寄宿公寓名声不太好。他觉得自己掉进了圈套。他能想象他的朋友们嘻嘻哈哈地谈论这件事。她有点粗俗，有时会说"我晓得""如果我过去已经晓得了"。但是如果他真的喜欢她，语法又有什么关系呢？他无法决定应该为她做的事而喜欢她还是鄙视她。他当然也做

① 一份有激进倾向的报纸，每周日出版。

了。他的本能驱使他要保持自由，不要结婚。本能对他说，你一旦结婚就完蛋了。

当他穿着衬衫长裤无奈地坐在床边，她轻轻地敲了敲他的门，走进来。她把一切都告诉了他，她向母亲坦白了一切，她母亲今早会和他谈一下。她哭了起来，伸出双臂绕着他的脖子，说道：

"哦，鲍勃！鲍勃！我该怎么办呢？我究竟该怎么办呢？"

她说，她真想一死了之。

他无力地安慰她，叫她不要哭，事情会好的，不用害怕。他感到她的胸部激动地抵着他的衬衫。

事情的发生不全是他的错。他记得很清楚，带着单身汉的那种好奇又执着的记忆，一开始是她的衣裙，她的呼吸，她的手指仿佛在无意间抚摸着他。然后是某天深夜，当他脱衣服准备睡觉时，她害羞地敲响了他的房门。她想借他的蜡烛重新点燃她的，因为她的蜡烛被一阵风吹熄了。那天晚上，她刚洗过澡。她穿着一件宽松的精梳印花法兰绒外衣，雪白的脚背在她毛茸茸的拖鞋里闪光，热血在她芬芳的肌肤底下沸腾。她点燃蜡烛插好后，双手和手腕处弥漫出一股淡淡的芳香。

从此只要他回来得迟，她总会为他热好晚餐。感觉到她在他身旁，就她一个人，房客们都已入睡，他几乎不知道自己在吃什么。还有她的温柔体贴！如果晚上寒冷，或者下雨，或者刮大风，她就肯定会为他准备一小杯潘趣酒。也许他们能够幸福地在一起……

他们常常蹑手蹑脚地一起上楼，每人拿一支蜡烛，然后在第三层楼梯平台上不情愿地互道晚安。他们常常接吻。他记得很清楚，她的眼睛，她的纤手的触感，他的神魂颠倒……

但神魂颠倒已经结束了。他重复着她说过的话，把它用在自己身上："我该怎么办呢？"单身汉的本能警告他该回头了。但罪已经犯下，就连他的名誉感都在告诉他必须为这种罪做出赔偿。

当他和她坐在床边时，玛丽跑上门来说太太想在客厅里见他。他站起来，穿上外套和马甲，看上去比平时更加无助。他穿好衣服，走到她身旁去安慰她。事情会好的，不要害怕。他离开时她在床上哭，并轻声地呻吟说："哦，我的上帝！"

下楼梯时，他的眼镜起雾了看不清，只得把它摘下来擦干净。他渴望爬上屋顶，飞到另一个国家去，这样他就再也不会听到任何麻烦了，然而有一股力量把他一步一步地推下楼去。他的老板和夫人的严厉面孔在凝视着他的狼狈。在最后一段楼梯上，他碰到了杰克·穆尼，杰克手里拿着两瓶巴斯酒从食品储藏室里出来往楼上爬。他们冷冷地打了个招呼；多兰的眼睛在他那张斗牛犬似的胖脸和一双粗短的胳膊上停留了一两秒钟。走到楼梯脚下，他又朝上瞥了一眼，看见杰克在转角的房门口看着他。

他突然想起了那天晚上，那位音乐厅艺人，一个矮小、金发的伦敦人，信口开河地提起了波莉。那晚的聚会几乎被杰克的暴力毁了。大家都竭力要让他安静下来。那位音乐厅艺人，脸色比平时更苍白了一点，继续一边笑着一边说道他并没有什么恶意。但杰克不停地向他吼，说如果有人想和他妹妹玩那种把戏，那他一定会咬断那家伙的他妈的喉咙，他一定会的。

波莉在床边坐了一小会儿，流着泪。然后她擦干眼泪，走到穿衣镜前。她把毛巾的一角在水缸里蘸了蘸，然后用凉水湿润了一下眼睛。她看着自己的侧影，调整了一下耳朵上面的发夹。然后又回到床那里，坐在了床脚边。她久久地注视着枕头，一看到枕头她心中就唤起了一种私密的、愉悦的回忆。颈背靠在冰冷的铁床架上，她陷入了遐想。她的脸上再也看不到任何忧郁的神情。

她耐心地、几乎愉快地、毫不惊慌地等待着，她的回忆渐渐变成了对未来的希望和憧憬。她的希望和憧憬是那么扑朔迷离，以至于她再也看不见她正凝视着的那只白色枕头，再也想不起来她是在等待着什么。

最后，她听到了母亲的喊声。她站起来，跑到楼梯栏杆那儿。

"波莉！波莉！"

"哎，妈妈？"

"下来吧，亲爱的。多兰先生想和你说话。"

就这样，她想起了她一直在等待着的是什么。

一小片云

八年前他在北墙送别他的朋友，祝朋友一路顺风。加拉赫发了财。你可以从他那副见多识广的神气，从他剪裁考究的花呢西服，从他天不怕地不怕的腔调中一眼就看出来。很少有人像他那么有才，取得巨大成功后还能像他那样保持本色的人就更少了。加拉赫的心摆在正确的位置上，他的成功是理所应当的。有这样的朋友真是太好了。

从午饭时间起，小钱德勒的脑子里就一直在想着与加拉赫见面的场景，以及加拉赫会请他喝酒和他居住在那里的那座伟大城市伦敦。他被称为小钱德勒是因为，虽然他的个子仅比一般人略矮些，但他还是给人一种小男人的感觉。他的手又白又小，体格单薄，声音文静，举止优雅。他在那头柔顺的美发和胡须上着实下了大功夫，他仔仔细细地往手帕上喷点香水。他月牙形的指甲很完美，当他微笑时，你能看见一排孩童般的雪白牙齿。

坐在国王客栈[①]的办公桌前，他想着这八年会带来怎样的变化。他认识的这个衣衫褴褛、一贫如洗的朋友摇身一变为伦敦出版界里的一个杰出人物。他时常放下累人的文书工作，从办公室的窗口望出去。暮秋时节的夕阳映照着草坪和人行道，在衣衫不整的保姆和在长凳上打盹的羸弱的老人身上洒下一片柔和的金光；它闪烁在所有来来往往的身影上——在碎石路上尖叫狂奔的小孩，走过花园的每一个人。他看着这样的生活场景，思考着人生；他感到悲伤，每当想到人生他总有这样的感觉。一种淡淡的忧郁攫住了他的心灵。他觉得与命运抗争有多么无奈，这就是年龄留给他的智慧的负担。

他记得家里书架上的诗集。那是在他单身的时候买的，有许多个晚上，他坐在走廊尽头的小房间里，渴望着从书架上抽出一本诗集，给他妻子读点什么。但羞怯总是压制住他；结果，诗集依然留在书架上。时而，他对着自己吟诵诗句，这使他感到安慰。

下班时间一到，他就站起来，准时地离开了他的桌子和他的同事们。他从国王客栈的中世纪拱门下走出来，一个整洁朴素的身影，飞快地沿着亨丽埃塔街往南走。金色的夕阳渐渐暗沉，空气也渐渐变冷。一群脏兮兮的孩子占据了整条街。他们在马路上或站或跑，或者爬上门廊前的台阶，或者像老鼠一样蹲在门槛上。小钱德勒的心思不在他们身上。他灵巧地穿行在

①　律师协会。

那一个个如寄生虫一般渺小的人中，穿行在一幢幢阴森可怖的公寓的阴影下，都柏林的古老贵族们曾在这些公寓里大摆排场。任何过去的记忆都没法触动到他，因为他的心里充满了现时的喜悦。

他从未进过科利斯酒店，但他知道这个名字的分量。他知道人们在看完戏后会去那里吃牡蛎、喝老酒；他还听说那里的侍者能说法语和德语。晚上匆匆路过那里的时候，他也看见过出租车停在酒店门前，衣着华丽的女士们在绅士们的陪同下，从出租车上下来飞快地走进去。她们穿着花哨的衣裙，有长裙也有短裙。她们脸上扑了粉，裙子要碰到地上时，就把裙摆提在手里，就像惊慌失措的阿塔兰忒①。他总是目不转睛地就走过去了。哪怕在白天他也习惯在街上快步走，每当他深夜在城里转悠时，他总是小心翼翼又无比兴奋地匆匆行路。然而有时，他的恐惧是自己引起的。他选择最黑暗、最狭窄的街道，当他勇敢地向前走时，包围着他的脚步声的一片寂静使他心烦意乱，漫游的、沉默的身影使他心烦意乱，有时一阵低沉的、飘忽的笑声会使他像一片树叶般颤抖。

他向右转向卡佩尔街。伊格纳修斯·加拉赫在伦敦出版界有了名气！八年前谁能想到会这样？不过，现在回顾过去，小钱德勒想起了他朋友身上的许多将来会飞黄腾达的迹象。以前人们常说伊格纳修斯·加拉赫很狂野。当然，他当时确实和一

---

① 希腊女神，自然之女，擅竞走，发誓将嫁给能追上自己的人，失败者则被她杀死。希波墨涅斯以三个金苹果施计赢过了她，他们结为夫妻。

帮放荡的家伙混在一起，喝得烂醉，四处借钱。最后，他卷入了一件见不得人的事情里，一件金钱交易：至少，那是关于他逃跑的一个版本。但没有人否认他有天赋。伊格纳修斯·加拉赫身上总有某种……东西会给你留下印象，不管你愿意不愿意。哪怕在他捉襟见肘、山穷水尽的时候，他依然会保持一张无所畏惧的面孔。小钱德勒想起了（想起这事使他脸上露出了一丝骄傲的红晕）伊格纳修斯·加拉赫在身处困境时说过的一句话：

"现在是中场休息，伙计们，"他常常轻描淡写地说，"我那个善于思考的脑袋瓜子跑哪儿去了？"

那就是伊格纳修斯·加拉赫的高明之处；而且，该死的，你不得不为此钦佩他。

小钱德勒加快了脚步。他有生以来第一次觉得自己比在他身旁经过的那些人优越。他的灵魂第一次对卡佩尔街的单调和俗气感到厌恶。毋庸置疑：如果你想成功，你就必须离开此地。在都柏林，你会一事无成。当他经过格拉坦桥时，他低头看了看流向下游码头的河水，觉得河岸上的那些破破烂烂的房子实在可怜。在他眼里它们就像是一群流浪汉，在河岸边挤作一堆，他们的旧外套上沾满了灰尘和煤烟，他们被夕阳西下的盛景惊呆了，等待着夜晚的第一阵寒意叫他们起来，打起精神，离开这里。他不知道自己能否写一首诗来表达这样的想法。加拉赫也许能把它送到伦敦的某家报社。他能写点原创的东西吗？他不确定他想表达什么样的想法，但是这种诗意的想法触动了他，使他的内心起了波澜，就像一个幼稚的希望。他勇敢地向前走。

每走一步，他都离伦敦更近，离他自己现实的、缺乏艺术的生活更远。一道亮光开始在他思想的地平线上跃动。他还不算太老——三十二岁。他的气质可以说是刚好到了成熟的阶段。有很多不同的情绪与想法，他想用诗歌来表达。他觉得诗歌就在他心里。他想掂量一下他的灵魂，看它是否是诗人的灵魂。忧郁是他的主要气质，他想，但这种忧郁是经过信仰、放弃和单纯的快乐反复锤炼而成的。如果他能在一本诗集里表达出来，也许人们会听的。他永远都不会成为一个广受欢迎的诗人：他知道。他不能触动大众，但他可能会吸引到志同道合的一个小圈子里的人们。英国评论家也许会认为他是凯尔特诗派[①]的一员，因为他的诗歌基调忧郁；除此之外，他还引经据典。他开始用他的诗集将要获得的评语来组词造句。"钱德勒先生有创作轻松、优美的诗句的天赋"……"一种怀旧的哀愁弥漫在这些诗篇里"……"凯尔特诗歌的情调"。可惜他的名字看上去不太像爱尔兰人。也许把他母亲的名字插到他的姓名中间会好一些：托马斯·马龙·钱德勒[②]，或者用一种更好的方式：T·马龙·钱德勒。他会和加拉赫谈这件事。

他如此狂热地追求着自己的梦想，结果走过了头，不得不折回去。当他走近科利斯酒店时，他以前的焦虑情绪又控制不住了，他在酒店门口踟蹰不前。最后，他打开门走了进去。

酒吧里的灯光和喧嚣使他在门口待了一会儿。他环顾了一下四周，但许多红红绿绿的酒杯的耀眼光芒使他的目光迷离了。

---

① 从凯尔特人的历史中汲取灵感的一个诗派。

② "钱德勒"是典型的英国人姓名，"马龙"则是爱尔兰没落地主的姓。

他感觉酒吧里挤满了人，觉得人们在好奇地观察他。他迅速地向左右瞄了一眼（微微皱眉，使自己看上去严肃些），但在他的视线变得稍微清晰一些后，他发现没有人在扭头看他：在那儿，不会错的，伊格纳修斯·加拉赫背靠着柜台，两腿叉得很开。

"嗨，汤米，老朋友，你来啦！来点啥？你要喝啥？我喝威士忌：这儿比我们在大海对面喝得好。兑苏打水？还是矿泉水？不要矿泉水？我也一样。会破坏酒味……这里，伙计，给我们来两杯半份的麦芽威士忌，拜托……嗯，自从我们上次分手以后，你过得怎么样？老天爷啊，我们都变得这么老了！你看到我身上岁月的痕迹了吗——呃，什么？头上有点白了，有点秃了——是吗？"

伊格纳修斯·加拉赫摘下帽子，露出一个头发剃得很短的大脑袋。他的脸庞臃肿，脸色苍白，胡须刮得很干净。他的眼睛是淡蓝色的，缓解了他那苍白的、不健康的脸色，在他那条鲜艳的橘色领带上方清晰地闪烁着。在这不协调的两种色彩之间，他的嘴唇显得很长、很白、很不成样子。他低下头，用两根怜惜的手指摸了摸头顶上稀稀拉拉的几根头发。小钱德勒摇摇头表示否认。伊格纳修斯·加拉赫又戴上了帽子。

"它会把你拖垮的，"他说，"出版的工作。总是匆匆忙忙，慌里慌张，搜寻稿件，有时找不到；反正，你拿出来的东西总得有点新意。我会一连好几天大骂校样员和印刷工。我很高兴，我可以告诉你，回到这个古老的国家。对人大有好处，偶尔度个假。我感觉好多了，自从再次在这个亲爱的、脏兮兮的都柏林着陆……给你，汤米。兑水吗？需要的时候就尽管开口好了。"

小钱德勒把他的威士忌稀释得很淡。

"你不知道什么对你有好处，老弟，"伊格纳修斯·加拉赫说，"我要喝纯酒。"

"我通常很少喝酒，"小钱德勒谦虚地说，"遇到老朋友时，偶尔喝个半杯什么的，仅此而已。"

"啊，好吧，"伊格纳修斯·加拉赫高兴地说，"那就敬我们自己，敬过去的岁月和过去的老朋友。"

他们碰杯，干杯。

"我今天遇到了几个老友，"伊格纳修斯·加拉赫说，"奥哈拉好像情况不好。他在干什么？"

"没什么，"小钱德勒说，"他玩完了。"

"但是霍根混得不错，是不是？"

"是的，他在土地委员会工作。"

"有天晚上我在伦敦遇见他，他看起来眉飞色舞的……可怜的奥哈拉！大概因为喝酒吧，我估计？"

"还有别的原因。"小钱德勒简洁地说。

伊格纳修斯·加拉赫笑了。

"汤米，"他说，"我看你一点都没变。你还是那个会在星期天早晨教训我的严肃的人，在我头痛、心里有难言之隐的时候。你应该到外面的世界去看一看。你从来没去过别的任何地方，哪怕是去旅行吗？"

"我去过马恩岛。"小钱德勒说。

伊格纳修斯·加拉赫大笑。

"马恩岛！"他说，"得去伦敦或巴黎，尤其是巴黎。那儿对你有好处。"

"你去巴黎玩过？"

"我想我可以说是的！我在那里转了转。"

"真的像人们说的那么美吗？"小钱德勒问道。

当伊格纳修斯·加拉赫大口干掉老酒时，他微微地抿了一口。

"美？"伊格纳修斯·加拉赫说，他停顿了一下，咂了咂嘴里的酒味，"你知道，没那么美。当然，它是美的……但重要的是巴黎的生活。啊，没有一座城市像巴黎那样充满欢乐、骚动、刺激……"

小钱德勒喝完威士忌，费了一番工夫后，终于成功地吸引到了酒吧招待的注意。他又点了同样的酒。

"我去过红磨坊，"伊格纳修斯·加拉赫接着说，当酒保拿走了他们的杯子时，"光顾过所有的波希米亚人咖啡馆。那里的酒真够味！不适合像你这么规矩的人，汤米。"

小钱德勒什么也没说，直到酒保带着两个杯子回来。然后他轻轻地碰了碰他朋友的杯子，又干了一次杯。他开始觉得有点失落了。他对加拉赫的口音和自我表现的方式并不喜欢。他朋友身上有些粗俗的东西，他以前没有注意到。但也许这只是生活在伦敦出版界的繁乱和竞争中造成的。以前的个人魅力还在，只是隐藏在这种新的、庸俗的言谈举止底下。毕竟，加拉赫真正活过，他见过世面。小钱德勒羡慕地看着他的朋友。

"巴黎的一切都是快乐的，"伊格纳修斯·加拉赫说，"他们相信享受生活——你不觉得他们是对的吗？如果你想好好地享乐一番，就必须去巴黎。而且，我提醒你一句，那里的人对爱尔兰人有特别的好感。他们听说我是从爱尔兰来的，简直都想把我吞进肚里去呢，伙计。"

小钱德勒抿了四五口酒。

"告诉我，"他说，"巴黎是不是真的像他们说的那么……不讲道德？"

伊格纳修斯·加拉赫用右手打了一个包揽一切的手势。

"每个地方都不讲道德，"他说，"你当然会在巴黎找到火辣的小妞。比如，去参加一个学生舞会。很有味道，如果你喜欢的话，当那些交际花①彻底放开的时候。你知道她们是什么样的，我估计？"

"我听说过。"小钱德勒说。

伊格纳修斯·加拉赫干掉了威士忌，摇了摇头。

"啊，"他说，"你怎么说都成。但天底下没有一个地方的女人像巴黎女人——不论在风度还是在干劲上。"

"那么说，它确实是一座不道德的城市，"小钱德勒胆怯地坚持，"我是说，和伦敦或都柏林相比？"

"伦敦！"伊格纳修斯·加拉赫说，"那和它半斤八两的。你问霍根，我的小老弟。他在伦敦的时候，我带着他兜了一圈。他会让你大开眼界的……我说，汤米，威士忌不该像潘趣酒那么喝：干掉。"

---

① 法语，cocottes。

"不，我真的……"

"嘿，来吧，再来一杯没事的。喝什么？还是一样的吧，我想？"

"嗯……好吧。"

"伙计，再来一杯……你抽烟吗，汤米？"

伊格纳修斯·加拉赫掏出雪茄盒。两个朋友点上了雪茄，默默地抽着，直到他们的老酒端上来。

"我来告诉你我的意见，"伊格纳修斯·加拉赫说，过了好一会儿他才从躲藏在其中的烟雾中抬起头来，"这是个怪胎的世界。谈什么不道德！我听说过一些事情——我在说什么呀？——我知道一些事情：一些——不道德的事情……"

伊格纳修斯·加拉赫若有所思地吸了一口雪茄，然后，以一种历史学家的平静口吻，他开始给他的朋友描述在国外盛行的一些糜烂的生活场景。他总结了各国首都的腐败堕落，但似乎对柏林颇为赞许。有些事情他不能确定（是他朋友告诉他的），但也有些事情他是亲身经历的。他既不回避当事人的等级，也不隐瞒他们的出身。他披露了欧洲大陆的一些宗教团体的秘密，描述了上流社会盛行的一些恶习，最后讲了一个英国公爵夫人的故事，讲得很具体——他知道那故事是真的。小钱德勒很是惊讶。

"啊，好吧，"伊格纳修斯·加拉赫说，"我们在这个像一潭死水般的都柏林，对这种事情闻所未闻。"

"你一定觉得这里无聊透了，"小钱德勒说，"和你去过的那些地方相比！"

"嗯，"伊格纳修斯·加拉赫说，"但我来这里是为了放松，你知道的。毕竟，正如人们所说，这里是我的故乡，不是吗？你不知不觉就会对它产生某种感情。这是人的天性……但是跟我说说你自己的事情吧。霍根告诉我你已经……尝到了婚姻的甜头。两年前，对吗？"

小钱德勒红着脸莞尔一笑。

"是的，"他说，"我是去年五月结的婚。"

"希望现在祝你婚姻快乐还不算太晚，"伊格纳修斯·加拉赫说，"我不知道你的地址，要不我会给你写祝贺信的。"

他伸出手，小钱德勒和他握手。

"好吧，汤米，"他说，"祝你和你老婆生活和和美美，老伙计，祝你发大财，祝你在我开枪打死你之前死不了。这是一个真诚的朋友，一个老朋友给你的祝福。你知道吗？"

"我知道。"小钱德勒说。

"有孩子了吗？"伊格纳修斯·加拉赫问。

小钱德勒又脸红了。

"有一个。"他说。

"儿子还是女儿？"

"一个小男孩。"

伊格纳修斯·加拉赫响亮地拍打他朋友的背。

"太棒了，"他说，"真有你的，汤米。"

小钱德勒笑了，困惑地看着他的酒杯，用三颗小孩般的白门牙咬着下唇。

"我希望哪天晚上我们能一起聚一聚，"他说，"在你回去前。见到你，我老婆肯定会高兴。我们可以听点音乐，还有……"

"太感谢了，老兄，"伊格纳修斯·加拉赫说，"很抱歉我们没有早一点碰面。但我明晚一定要走了。"

"今晚，怎么样……？"

"实在抱歉，老兄。你看我和另一个人约在这里，他也是个聪明的年轻人，我们约好了要去参加一个小小的牌会。因为那个我才……"

"哦，那样的话……"

"不过谁知道呢？"伊格纳修斯·加拉赫沉吟道，"明年我可能会来这里小住，我到底还是把这个消息透露出来了。不过是把快乐推迟一下而已。"

"很好，"小钱德勒说，"下次你来的时候，我们一定要在晚上聚一聚。就这么说定了，好吗？"

"好的，说定了，"伊格纳修斯·加拉赫说，"明年如果我来，我保证。①"

"为了庆祝我们的约定，"小钱德勒说，"我们再来一杯吧。"

伊格纳修斯·加拉赫掏出一块大金表，看了一下时间。

"是最后一杯吗？"他说，"因为你知道，我还要赴约呢。"

"哦，是的，当然啰。"小钱德勒说。

"好吧，那么，"伊格纳修斯·加拉赫说，"我们再来一杯，

---

① 法语，parole d'honneur。

权作 deoc an doruis① 吧。用一小杯威士忌来道别是这里的好风俗，我相信。"

小钱德勒叫了酒。几分钟前在他脸上出现的红晕此时已越来越明显。稍微喝一点就能让他立刻脸红：现在他感到暖和、兴奋。三杯小份的威士忌已经让他上了头，加拉赫那支浓烈的雪茄又把他的脑子熏得稀里糊涂，因为他是一个敏感的、有节制的人。八年后与加拉赫的重逢，和加拉赫一起置身于科利斯酒吧的灯火与喧嚣中，听加拉赫讲故事，分享加拉赫漂泊、飞扬的生活片段，打破了他那敏感天性的平衡感。他强烈地感受到自己的生活和朋友的生活之间的反差，他觉得那是不公平的。加拉赫在出生和教育方面都不如他。他确信自己能做一些比他朋友做过的或者今后可能会做的更好的事，做一些比单纯的新闻报道更上档次的事，只要他有机会。是什么在阻碍他的成功呢？是他那不幸的腼腆！他希望以某种方式证明自己，展现自己的男子气概。他看明白了加拉赫为什么拒绝了他的邀请。加拉赫只是出于友谊来光顾他一下而已，就像他通过返乡度假来光顾爱尔兰一样。

酒保端来了他们的酒。小钱德勒把一杯酒推向他的朋友，自己则大胆地拿起了另一杯。

"谁知道呢？"他们举杯时，他说，"等你明年回来的时候，说不定我有幸祝伊格纳修斯·加拉赫先生和太太幸福长寿呢。"

伊格纳修斯·加拉赫意味深长地闭起一只眼，把嘴巴凑到

---

① 凯尔特语，道别酒，字面意思是"在门口喝的一杯酒"。

酒杯边缘。他喝完酒，使劲咂了咂嘴唇，然后放下酒杯，说道：

"这话还难说，老弟。首先我要好好享乐一番，享受生活、见见世面，然后才会乖乖地进笼子——如果我有一天要进笼子的话。"

"总有一天你会的。"小钱德勒平静地说。

伊格纳修斯·加拉赫转过头来，橙色的领带和淡蓝色的眼睛正对着他的朋友。

"你这么认为？"他说。

"你会进笼子里去的，"小钱德勒坚定地重复道，"和别人一样，只要你能找到合适的对象。"

他稍微强调了一下语气，他意识到自己显得太激动了；但是，尽管他的脸颊变得更红了，他并没有在朋友的目光下退缩。伊格纳修斯·加拉赫看了他一会儿，然后说：

"如果哪天真的发生了，你可以把你的家当全部赌上，这里面绝没有任何爱情啦、浪漫啦之类的东西。我的意思是我一定会娶一个富婆。她必须在银行里有很大一笔存款，不然她对我就没有任何意义。"

小钱德勒摇了摇头。

"真要命，"伊格纳修斯·加拉赫激动地说，"你知道这是什么意思吗？只要我一句话，明天我就能既拥有女人又拥有金钱。你不相信？嗯，我知道的。有成百上千的——我在说什么呢？——成千上万的有钱的德国女人和犹太女人，钱多到发霉，她们都巴不得要……你等着瞧，老弟。你等着看我这一手牌打得对不对。我这么说可不是开玩笑，我告诉你。你就等着瞧吧。"

他把杯子举到嘴边,喝完了酒,哈哈大笑起来。然后他若有所思地看着面前,以更冷静的口吻说道:

"但我不着急。让她们等着好了。我不想把自己绑在一个女人身上,你知道。"

他像在吃什么东西似的动了动嘴,做了一个怪相。

他说:"我想,吊死在一个女人身上就发霉了。"

小钱德勒坐在走廊边上的房间里,怀里抱着一个孩子。为了省钱,除了安妮的妹妹莫妮卡早晚来帮一个小时左右的忙,他们家没有雇保姆。但莫妮卡早就回家了。现在是八点三刻。小钱德勒这么晚回家,耽误了用茶点,而且,他还忘了在比尤利商店给安妮买一包咖啡。她当然心情不好,对他冷言冷语的。她说她不用茶点也行,但等到街角的商店快要打烊时,她还是决定自己去买四分之一磅茶叶和两磅糖。她把睡着的孩子灵巧地交到他怀里,然后说:

"给你。别吵醒他。"

桌上放着一盏白色陶瓷灯罩的小台灯,灯光照着镶在曲线形角质镜框里的一张相片。那是安妮的照片。小钱德勒看了看,目光停留在她紧闭的薄嘴唇上。她穿着一件淡蓝色的夏天穿的衬衣,那是在某个星期六他买给她的礼物。他花了十先令十一便士,但这引起他多大的紧张和痛苦啊!他那天有多尴尬啊,一直等在商店门口,直等到商店里顾客都走完了,才走了进去。他站在柜台前尽量装出一副自在的样子,在那个女店员把女式

衬衣堆在他面前让他挑的时候，在柜台边付钱时忘了拿找给他
的便士，被收银员叫回去，最后，在离店时为了尽量掩饰脸红，
装作检查包裹，看看是否系牢了。他把衬衣拿回家后，安妮吻
了他，说它很漂亮也很时髦；但在她听到价钱后，她把衬衣扔
到桌上，说这件衣服要十先令十一便士，他又被人宰了。起初
她想把它退回去，但她试穿后觉得很满意，尤其是袖子的式样，
于是又吻了他，说他能这么想到她真是太好了。

哼！……

他冷冷地看着照片里的那双眼睛，它们也冷冷地看着他。
当然，这双眼睛很漂亮，这张脸也很漂亮。但他在这双眼睛里
发现了一些恶劣的东西。为什么它如此麻木，如此高高在上？
这双眼睛里的镇定使他恼火。它们排斥他，反对他：它们没有
激情，没有狂喜。他想起了加拉赫说过的有钱的犹太女人。多
么乌黑的东方人的眼睛，他想到，多么有激情，多么令人心猿
意马！……他为什么要和照片上的这双眼睛结婚呢？

他用这个问题难住了自己，他紧张地环顾着房间。他觉得
美丽的家具里也有一些恶劣的东西，这些家具是他用分期付款
的方式为他的房子购置的。这些家具是安妮自己选的，它们让
他想起了她。它们也很干净漂亮。一种对生活的淡淡的不满在
他心头升起。他就不能从这座小房子里逃出去吗？他想，如加
拉赫那般勇敢地生活已经太迟了吗？他能去伦敦吗？家具的钱
还没有付清。如果他能写一本书，并能出版的话，他的道路也
许就能打开了。

一本拜伦诗集摆在他面前的桌子上。他用左手小心翼翼地

翻开书，以免吵醒孩子。他开始读这本书里的第一首诗：

> 风寂寂，雾霭也静止着，
> 就连风神也在林间停下脚步，
> 我回乡，给玛格丽特扫墓，
> 把花瓣撒向我心爱的尘土。①

他停顿了一下。他在房间里感受到了这首诗的韵律。多么忧郁！他也能写出这样的诗来吗，他也能在诗里表达出他那忧郁的灵魂吗？他想表达的东西太多了：比如说，几个小时前在格拉坦桥上的感受。如果他能重新回到那种心境……

孩子醒了，哭了起来。他不再看书，试图哄孩子，但孩子还是哭个不停。他左右摇晃着怀里的孩子，但孩子的哭声变得越来越刺耳。他加快速度摇晃，同时眼睛开始看那首诗的第二节：

> 逼仄的墓穴里埋着她那一抔土②，
> 这一抔土，曾经是……

真没办法。他无法看书。他什么也干不了。孩子的号啕把他的耳膜都要震破了。没办法，没办法！他已经被判了终

---

① 出自拜伦的诗歌《哀悼一位少女》。拜伦被怀疑与他的表姐有乱伦之嫌，这是他写于 14 岁的早期作品。而 32 的钱德勒渴望也"写出这样的诗"。
② 一抔土的原文是 clay，指尸体。

身监禁。他的手臂因愤怒而颤抖，他突然俯身对着孩子的脸吼道：

"别哭了！"

那孩子停了一会儿，吓得浑身抽搐，然后开始尖叫。他从椅子上跳起来，抱着孩子急匆匆地在房间里来回走。孩子可怜兮兮地抽泣着，有那么四五秒钟好像没了气，然后又继续呼吸起来。房间的薄壁回响着哭声。他试图安抚孩子，但他抽泣得更厉害了。他看着孩子抽搐、颤抖的小脸，开始惊慌起来。他数了一下，连着七声啜泣，中间没有一点间隔。他吓得把孩子紧紧地抱在怀里。他不会死吧！……

门猛地打开，一个年轻女子气喘吁吁地奔了进来。

"怎么啦？怎么啦？"她喊道。

孩子听到妈妈的声音，突然爆发出一阵哀号。

"没什么，安妮……没什么……他哭了起来……"

她把包裹扔在地上，把孩子从他手里抢了过去。

"你对他做了什么？"她瞪着他的脸吼道。

小钱德勒承受了一会儿她的目光，当他看到这目光里饱含的怒火时，他的心彻彻底底地关上了。他结巴了起来：

"没什么……他……他哭了起来……我没办法……我没做什么呀……怎么啦？"

她不理他，紧紧地抱着孩子在房间里走来走去，喃喃地说：

"我的小家伙！我的小宝贝！你吓坏了吧，小心肝？……现在好了，小心肝！现在没事了！……小乖乖！你是妈妈的小羊羔！……现在好了！"

　　小钱德勒觉得自己脸上写满了羞愧，他避开灯光站在阴暗的角落里。他听着孩子的啜泣声间隔越来越长，眼里淌下了懊悔的泪水。

如出一辙

　　铃声响得很凶，当帕克小姐走到听筒旁时，一个愤怒的声音用刺耳的北爱尔兰口音喊道：

　　"叫法林顿过来！"

　　帕克小姐回到打字机前，对一个坐在桌前写字的人说：

　　"艾伦先生叫你到楼上去。"

　　那人低声咕哝说："该死的！"然后把椅子往后面推了推，站了起来。此人高个子，大块头，一张阴沉的、深红色的脸，淡黄的眉毛和胡子，他的眼睛微微向前凸出，眼白脏兮兮的。他掀起柜台板，走过顾客身边，脚步沉重地走出了办公室。

　　他脚步沉重地上楼，直走到二层楼梯口，那儿有一扇门，门上有一块铜板，上面刻着"艾伦先生"。他在门口停下来，又累又烦地喘了口气，然后敲门。一个刺耳的声音喊道：

　　"进来！"

那人走进了艾伦先生的办公室。与此同时，艾伦先生，戴着金边眼镜的一个小矮子，脸上刮得很光洁，在一堆文件里抬起头来。他的脑袋光溜溜、红扑扑，看上去就像埋在文件堆里的一只大鸡蛋。艾伦先生急吼吼地开口说：

"法林顿，你这是什么意思？为什么总要我责备你呢？我能问一下你为什么还没有把博德利和基尔万签的合同抄好呢？我告诉过你必须在四点前准备好。"

"但是雪莱先生说，先生——"

"'雪莱先生说，先生……'你能好好地听我说话，而不是听雪莱先生怎么说吗，先生？你总有这样那样的借口来拖延工作。我告诉你，如果合同在今晚之前还没有抄好，我会把这件事报告给克罗斯比先生……你现在听见了吗？"

"是的，先生。"

"你现在听见了吗？……啊，还有一件小事！我跟你说话就像对牛弹琴一样。请你永远记牢，你的午餐时间是半小时，而不是一个半小时。你一顿饭要吃多少道菜啊，我倒真想知道……你现在听清楚了吗？"

"是的，先生。"

艾伦先生又把头埋到那堆文件里去了。那人盯着那颗锃光瓦亮的脑袋看，那颗掌管着克罗斯比 & 艾伦事务所的脑袋，揣摩着它的弱点所在。一阵狂怒攫住了他的喉咙，过了一会儿狂怒是退去了，但留下了一种强烈的干渴之感。那人熟悉这种感觉，觉得今晚他必须好好地喝两杯。本月已过去了一半，如果他能及时抄完那份合同，说不定艾伦先生会同意他去财务那里预支点钱。他一动不动地站着，凝视着文件堆上的那颗头颅。突然，艾伦先生开始乱翻所有的文件，好像要找什么东西。然后，就像刚才不知道那人还在这里似的，他再次抬起头来，说道：

"哎？你打算一天都站在这里吗？说真的，法林顿，你这人真是个温吞水！"

"我在等等看……"

"很好，你不用等等看了。下楼干活去吧。"

那人步履沉重地向门口走去，就在他刚走出门去时，他听到艾伦先生在他背后喊，如果今晚合同还没抄好，克罗斯比先生就会知道此事。

他回到楼下办公室的桌子旁边，数了数还剩几页合同没抄好。他拿起笔，蘸了蘸墨水，但他继续傻傻地瞪着他写的最后一句话："在任何情况下，所述的伯纳德·博德利都不可以……"夜幕降临，再过一会儿他们就会点上煤气灯，然后他就可以抄写了。他觉得他必须止住喉咙里的干渴。他从桌子前站起来，像之前一样掀起柜台板，走出了办公室。在他出去时，办公室主任怀疑地看着他。

"没事的，雪莱先生。"那人说，一边用手指指出此行的目的地。

主任瞥了一眼衣帽架，见上面挂的帽子一顶都没少，就没有说什么。他一走到楼梯口，就把那顶格子花纹的便帽从口袋里掏出来，在头上戴好，飞快地从摇摇晃晃的楼梯上跑下去。他鬼鬼祟祟地走在街上，在人行道的内侧朝着拐角处而去，然后猛地窜进一扇门去。他现在安心地来到了奥尼尔酒吧黑暗的隔间里，他那张红彤彤的脸（红酒色或酱肉色）填满了朝向酒柜的小窗口，大声喊道：

"喂，帕特，给我好好地来一杯纯正的黑啤。"

招待给他端来一杯普通的波特黑啤。他一口把酒吞了，然后又要了一颗葛缕子①。他把一便士放在柜台上，让招待在黑暗中摸钱，然后像进来时一样鬼鬼祟祟地离开了酒吧。

伴随着浓雾的黑暗，渐渐笼罩住二月的暮色，尤斯塔斯街上的街灯都点亮了。那人沿着一栋栋房屋，走到事务所门口，心里想着不知道能否及时完成抄写。楼梯上，一股潮湿、刺激的香水味扑鼻而来，显然在他去奥尼尔酒吧的时候德拉古小姐来过了。他又把帽子塞进了口袋，装出一副心不在焉的样子，回到了办公室里。

"艾伦先生一直在找你，"办公室主任严厉地说，"你去哪里了？"

那人瞥了一眼站在柜台前的两位顾客，好像在暗示他们的在场妨碍了他回答这个问题。因为那两个顾客都是男的，所以主任就放肆地笑了起来。

"我知道你的那套把戏，"他说，"可一天五次也有点太……不说了，你最好留点神，快把德拉古卷宗里的信件副本找出来，给艾伦先生送去。"

主任在大庭广众下说的这番话，再加上他飞奔上楼，刚才

---

① 一种香料，其作用是能够盖住黑啤的酒气。

急匆匆大口吞下去的黑啤，把他弄懵了。他坐在办公桌前找他需要的文件，意识到要在五点半之前完成合同的副本已是不可能完成的任务。黑暗、潮湿的夜幕就要降临了，他多么渴望自己此时坐在酒吧里，在煤气灯下，在觥筹交错中，和朋友们一起喝酒。他拿出德拉古卷宗里的信件，从办公室里出来。他希望艾伦先生不会发觉少了最后两封信。

潮湿、刺鼻的香水味一路弥漫到艾伦先生的办公室。德拉古小姐是一位中年妇女，外表看上去像犹太人。艾伦先生据说对她很有好感，或者说对她的钱很有好感。她经常来事务所，每次来都待很长时间。此时她坐在他的桌子旁边，浑身散发着香水味，抚摸着洋伞柄，帽子上的黑色大羽毛一抖一抖的。艾伦先生把椅子转过来面对着她，右脚斯文地搁在左膝上。那人把信件放在桌子上，然后毕恭毕敬地鞠了一躬，但艾伦先生和德拉古小姐都没有去注意他。艾伦先生用手指敲了敲信件，然后对他挥挥手，好像在说："行了，你可以走了。"

那人回到楼下的办公室，又坐到办公桌前。他专注地盯着那句没有写完的话："在任何情况下，所述的伯纳德·博德利都不可以……"心想这多奇怪啊，这句话最后三个词的首字母竟然是一样的。主任开始催促帕克小姐，说她信打得太慢，要来不及寄出去了。那人听了一会儿打字机的叮当声，这才着手抄写副本。但他的头脑不清楚，他的思绪已经飘向酒吧间的炫目灯光和沸腾人声。这是一个适合喝热潘趣酒的夜晚。他努力抄写副本，但是钟敲响五点时，他还有十四页没有抄好。去他妈的！他没法按时完成了。他想大声骂娘，想用拳头猛砸什么东西。他气不打一处来，以至于把伯纳德·博德利写成了伯纳德·伯纳德，只得再拿一张白纸重抄。

他觉得自己足够强壮，赤手空拳就能把整个办公室拆个稀巴烂。他的身体渴望做点什么，渴望冲出去，狂饮烂醉。生活对他的所有侮辱激怒了他……他能私下里要求出纳给他预支吗？不行，出纳不好，他妈的不好，不会给他预支……他知道在哪里可以遇见他那帮酒友：伦纳德，奥哈洛兰和诺西·弗林。他情绪的晴雨表已经设定好了要来一场大爆发。

他的想象使他神魂颠倒，以至于他的名字被人叫了两遍他才回答。艾伦先生和德拉古小姐站在柜台外面，所有的办公室职员都扭过头来看，预感到会发生什么。那人在桌子前站起来。艾伦先生开始破口大骂，说有两封信漏掉了。那人回答说对此自己一无所知，说自己完全是照本抄写的。谩骂仍在继续：骂得那么伤人，那么激烈，以至于那人几乎无法克制住要把拳头砸向站在面前的这个小矮子的头顶：

"我对另外两封信一无所知。"他愚蠢地答道。

"你——什么都——不知道。你当然什么都不知道，"艾伦先生说，"告诉我，"他先朝旁边的女士看了一眼，以征得她的同意，然后说道，"你把我当傻瓜吗？你认为我是个十足的傻瓜吗？"

那人的目光从那位女士的脸转到那个鸡蛋似的小脑袋上，然后又转回去；几乎在他意识到之前，他的舌头已经找到了一个巧妙的回答：

"我不认为，先生，"他说，"这个问题该拿来问我。"

职员们的呼吸都停顿了一下。每个人都大吃一惊（妙语制造者的惊讶程度并不亚于他的同事），德拉古小姐，她是个圆滚滚的、和气的人，咯咯地笑了起来。艾伦先生脸红得像一朵野玫瑰，嘴角如激动的侏儒一般抽搐着。他朝着那人的脸挥舞着拳头，直到它像电机的把手一般震动不已：

"你这个放肆的流氓！你这个无礼的恶棍！我会让你懂道理的！等着瞧吧！你要为你的无礼向我道歉，要不你就立即辞职！你会辞职的，我告诉你，要不你就向我道歉！"

他站在事务所对面的一个门洞里，看出纳是否会一个人出来。所有的职员都走了，最后出纳和主任一起走了出来。出纳和主任在一起，没办法和他单独说话。那人觉得自己的形势已经够糟了。他不得不为自己的冒犯而卑躬屈膝地对艾伦先生道歉，但他知道办公室对他来说会变成怎样一个马蜂窝。他还记得艾伦先生是怎样把小皮克赶出办公室的，为了把自己的外甥安插进来。他感到气愤、口渴，他渴望报复，他讨厌自己，也讨厌周围的每一个人。艾伦先生永远都不会给他哪怕一小时的喘息之机；他的生活对他来说将是一座地狱。这次他算是出足了洋相。他就不能管住自己的嘴吗？不过，他和艾伦先生从一开始就没处好关系，自打艾伦先生无意中听到他模仿他的北爱尔兰口音来取悦希金斯和帕克小姐起：那就是事情的由来。他也许可以去找希金斯解决钱的问题，但希金斯自己也是捉襟见肘的。他有两个家要维持，他当然不能……

他感到他那庞大的身躯又开始渴望美酒的抚慰。雾气开始

使他感到寒冷，他不知道会不会在奥尼尔酒吧碰到帕特。帕特
最多只会借给他一先令，一先令是没有用的。但他必须在某个
地方弄到钱：他把最后一便士花在喝酒上了，再过一会儿天就
晚了，他就没法在任何地方弄到钱了。突然，在他抚摸着表链
的时候，他想到了舰队街上的特里·凯利当铺。办法就在那里！
他为什么没早点想到呢？

　　他飞快地穿过律师协会的狭巷，嘴里咕哝着让这帮人都
见鬼去吧，因为今晚他要喝个痛快。特里·凯利的店员说一克
朗①！但他坚持要六先令；最后真的以六先令成交了。他兴高
采烈地从当铺出来，用拇指和食指把那些硬币叠成一摞。在维
斯莫兰街，人行道上挤满了下班的青年男女和衣衫褴褛的报童，
他们在奔东窜西地叫卖着各种晚报。那人穿过人群，心满意足
地看着这一街景，趾高气扬地瞪着下班的办公室女郎们。他的
脑袋里满是有轨电车的当当声和无轨电车的嗖嗖声，鼻子里已
经嗅到了潘趣酒的芳香。他一边走一边预先考虑了一下他会如
何对酒吧招待讲这件事：

　　"于是，我只是看着他——冷静地看着他，你知道，然后
又看着她。然后我又转回去看着他——从容不迫地看着他，你
知道。'我不认为这个问题该拿来问我。'我说。"

　　诺西·弗林正坐在戴维·伯恩酒吧里他常坐的那个角落里，
当他听到这个故事后，就请法林顿喝了半杯威士忌，说这是
他听过的最聪明的一句话。法林顿也回请他喝了一杯。过了

―――――――――

① 相当于五先令。

一会儿，奥哈洛兰和帕迪·伦纳德进来了，法林顿又对他们讲了一遍这个故事。奥哈洛兰请客喝热麦芽威士忌，然后把他在霍恩斯街的卡伦事务所里顶撞办公室主任的事告诉大家；但是，他不得不承认，他的这种顶撞是以田园诗中的牧羊人的自由交谈的方式进行的，不像法林顿顶撞得那么机智。听到这样的赞美，法林顿提议大家干掉杯中酒，然后他再请大家喝一轮。

就在他们点酒痛饮的时候，希金斯刚巧走了进来！他当然必须加入他们的队伍。大家让他把这个故事说一遍，他说得绘声绘色，因为他面前的五小杯热威士忌令他热血沸腾。当他表演艾伦先生对着法林顿的脸挥舞拳头时，所有人都笑得前仰后合。然后他模仿完法林顿后，说道："这就是我的朋友，要多酷有多酷。"法林顿用他那双浑浊的醉眼看着这些酒友，微笑着，不时地用下唇舔掉滴在他小胡子上的酒珠。

那一轮酒结束后，大家停了一下。奥哈洛兰还有钱，但另外两位似乎都没钱了，所以他们全都意犹未尽地从酒吧里走出来。在公爵街的拐角处，希金斯和诺西·弗林往左面走，另外三个人则向着市区折了回去。冷冰冰的街上下着毛毛细雨，他们走到压舱物资局时，法林顿建议去苏格兰酒屋。酒吧里挤满了人，说话声和碰杯声十分嘈杂。三个人推开在门口叫卖火柴的小贩，围坐在柜台的一角。他们开始交流故事。伦纳德把他们介绍给一个在蒂沃利表演杂技和滑稽闹剧的名叫威瑟斯的小伙子。法林顿请了一轮酒。威瑟斯说他要一小杯爱尔兰人和阿波里奈利①。法林顿是喝酒方面的专家，怎么会不懂这个词的意思，他问伙伴们是否也要来一杯阿波里奈利；但伙伴们却让蒂姆给他们准备热甜酒。谈话变得越来越有戏剧性了。奥哈洛兰请了一轮，然后法林顿又请了一轮。威瑟斯抗议说这种请酒的方式太爱尔兰了。他答应让他们去后台，给他们介绍几个好姑娘。奥哈洛兰说他和伦纳德会去，但法林顿不会去，因为他是个已婚人士；法林顿用一双浑浊的醉眼瞅着他们，表示他听懂了他们是在打趣他。威瑟斯只出钱请他们喝了一小杯丁克酒，答应过一会儿在普尔贝街的穆利根酒吧和他们见面。

苏格兰酒屋关门后，他们又回到穆利根酒吧。他们走进后面的雅座，奥哈洛兰为大家点了一小杯热甜酒。他们都开始感到身心舒泰。威瑟斯回来后法林顿又叫了一轮酒。让法林顿觉得很舒服的是他这次喝了一杯苦啤酒。兜里的钱越来越少了，但他们的精神头却越来越足了。此时有两个戴着大帽子的年轻女人和一个穿格子西装的小伙子走了进来，在他们旁边的一张桌子前坐下。威瑟斯和他们打了招呼，并告诉他们这几个人是从蒂沃利来的。法林顿的眼睛每时每刻都在朝年轻女人中的一个那边瞧。这姑娘的外表颇有些动人之处。一条孔雀蓝的薄纱大围巾缠在帽子上垂下来，在下颌上打了个大大的蝴蝶结；她戴着亮黄色的手套，直到手肘。法林顿垂涎地注视着她那条时常优雅地舞动着的丰满的胳膊；过了一会儿，她也回过头来朝他看，她那双深褐色的大眼睛更让他垂涎了。她斜睨着看过来

---

① 即爱尔兰威士忌加德国矿泉水。

的表情使他着了迷。她瞥了他一两眼，当这伙人离开酒吧时，她碰了碰他的椅子，用伦敦口音说了声："哦，对不起！"他看着她离开酒吧，满心希望她会回头看他，但他失望了。他咒骂自己的捉襟见肘，咒骂刚才请客的一轮又一轮酒，尤其是他请威瑟斯喝的威士忌和阿波里奈利。要说他最痛恨的事，那就是吃白食。他火气大到都听不见朋友们交谈的程度了。

帕迪·伦纳德叫醒了他，这时他才发现他们是在谈论拗手劲。威瑟斯在向伙伴们展示自己的肱二头肌，他一个劲儿地自吹自擂，以至于另外两位不得不拉上法林顿来共同维护国家荣誉。于是，法林顿把袖子撩起来，向大家展示他的肱二头肌。大家看着他们两个的胳膊，比较着，最后决定让他们比赛掰手腕。桌子收拾好了，他们俩把手肘搁在桌面上，彼此握住拳头。帕迪·伦纳德说了声"开始！"，两人都竭力要把对方的手掰倒在桌子上。法林顿看上去非常严肃，非常坚决。比赛开始了。大约半分钟后，威瑟斯把他对手的手慢慢地掰倒在桌子上。被这么一个乳臭未干的小子打败的愤怒和羞辱，使法林顿那张原本就是暗红色的脸显得更暗更红了。

"你不能把身体的重量压上去，比赛要讲公平啊。"他说。

"谁不公平啦？"对方说。

"再来一次。三局两胜。"

比赛又开始了。法林顿额头上青筋暴突，威瑟斯的那张小白脸变成了红牡丹。他们的手和胳膊因为使劲而颤抖。经过一段漫长的较量后，威瑟斯又把法林顿的手慢慢地掰倒在桌子上。观众们低声地啧啧称赞。站在桌边的酒吧招待朝胜利者点头，傻乎乎地和他套近乎：

"啊！你真有本事啊！"

"你他妈的懂什么？"法林顿对招待恶狠狠地说道，"要你废什么话呢？"

"嘘，嘘！"奥哈洛兰一边说一边观察着法林顿那张想要打人的脸，"买单了，伙计们。我们再喝最后一小杯，然后就可以闪人了。"

一个脸色阴郁的人站在奥康奈尔桥的一角，等着乘开往桑迪蒙特的电车回家。他满脑子都是闷烧着的怒火和复仇。他觉得受到了侮辱，他愤愤不平；他甚至觉得自己还没有喝醉；他的口袋里只剩下两便士了。他诅咒一切。他在办公室里砸了自己的饭碗，他把自己的手表送进了当铺，花光了所有的钱；可他甚至还没喝到醉倒的程度。他又开始感到口渴，他渴望再回到那个热烘烘的、飘着酒香的小酒屋。他失去了大力士的名声，被一个小家伙打败了两次。他的心头激荡着怒火，当他想到那个戴着大帽子的女人碰了碰他，对他说"对不起！"时，他的愤怒更是令他几乎透不过气来。

他在谢尔伯恩路下了电车，拖着庞大的身躯行走在棚户区的高墙的阴影下。他讨厌回家。他从边门走进去，发觉厨房里空荡荡的，厨房里的炉火快灭了。他朝楼上吼道：

"艾达！艾达！"

他的妻子是个脸色严厉的小女人，在他没喝醉时，他妻子比他凶，而在他喝醉时，他比他妻子凶。他们共有五个孩子。

一个小男孩从楼梯上跑下来。

"谁啊？"那人在黑暗中问道。

"我，爸爸。"

"你是谁？查理吗？"

"不，爸爸，我是汤姆。"

"你妈呢？"

"她去教堂①了。"

"好吧……她有没有想到要给我留晚饭呢？"

"留了，爸爸，我……"

"把灯点上。你把这地方弄得一片漆黑算什么意思？别的孩子都上床了吗？"

在小男孩点灯的时候，那人重重地坐在一把椅子上。他开始模仿儿子平板的音调，自言自语："去教堂，去教堂，你去好了！"灯点上后，他用拳头敲着台子，喊道：

"我晚饭吃什么？"

"我去……烧，爸爸。"小男孩说。

那人气得从椅子上蹦起来，指着炉火。

"用这个火！你把火弄灭了！天哪，我要教训教训你，看你还敢把火弄灭了！"

他走到门口，抓住门背后的一根拐杖。

"我教你让火熄掉！"他边说边卷起袖子，为了让胳膊充

---

① 在"教堂"一词的习惯性用语中，新教推崇用"church"，天主教推崇用"chapel"，这里是后者。

分施展开。

小男孩喊着："哦，爸爸！"然后呜咽着绕着桌子逃，但那人紧追不舍，抓住了他的外套。小男孩拼命往四处瞧，但见无路可逃，就跪了下来。

"听着，教你下次再让火熄掉！"那人说着用拐杖狠狠地揍他，"我揍死你，你个小兔崽子！"

拐杖打在男孩的大腿上，他疼得发出尖叫。他双手合十高举在空中，声音吓得发抖。

"哦，爸爸！"他哭喊着，"爸，别打我！我会……我会为你祈祷圣母保佑……我会为你祈祷圣母保佑，爸，如果你不打我……我会为你祈祷……"

泥土

女管家答应只要女士们的茶会一结束就让她出门，玛丽亚一心盼望着晚上出去。厨房里一尘不染：厨师说你可以在大铜壶上照见你自己。炉火又亮又旺，四块很大的葡萄干松饼放在一张茶几上。这些葡萄干松饼似乎还没切好；但是如果你再走近一点，就会发现它们已被切成了大小和厚薄均匀的一片片，准备在茶会上分给大家。是玛丽亚亲手切的松饼。

玛丽亚确实是个很矮很矮的女人，但她的鼻子很长，还有一个很长的下巴。她总是带着点鼻音，和气地说着"是的，亲爱的"或者"不，亲爱的"。当女士们为了什么琐事吵嘴的时候，总是把她叫去调解，而她也总能调解成功。有一天，女管家对她说：

"玛丽亚，你真是个优秀的调解师！"

副总管和洗衣自救会的两位女工听到了这番恭维。金吉尔·穆尼总是说要不是看在玛丽亚的情面上，她绝不会和那个负责熨烫的哑巴善罢甘休的。所有人都很喜欢玛丽亚。

女士们会在六点钟喝茶，这样她就能在七点前离开。从鲍尔斯布里奇到纪念柱，二十分钟；从纪念柱到德鲁姆孔德拉，二十分钟；买东西，二十分钟。她会在八点前到那里。她拿出带银搭扣的钱包，念了一遍上面的字："来自贝尔法斯特的礼物"。她非常喜欢那个钱包，因为那是乔在五年前送给她的，是乔和阿尔菲在圣灵降临节去贝尔法斯特旅行时买的。钱包里有两个半克朗硬币和几个铜板。付掉电车费后她还可以剩下五先令。他们会过一个多美的夜晚啊，每个孩子都齐声欢唱！她只是希望乔不会醉醺醺地进来。他一喝酒就像变了个人似的。

他常常希望她能过去和他们生活在一起，但她感觉那样会过得不自在（尽管乔的妻子对她一直很好），她已经习惯了洗衣女工的生活。乔是个好人。她以前照顾过他和阿尔菲，因此乔常说：

"妈妈只是妈妈，但玛丽亚是我真正的妈妈。"

离开他们家后，男孩们为她在都柏林光明洗衣店① 找了一份工作，她很喜欢。她以前觉得新教徒不好，但现在觉得他们都是好人，比较安静和严肃，但还是很好相处的。然后她在暖房里养了花花草草，她喜欢养花种草。她养了可爱的羊蕨和绣球兰，每当有人来看望她时，她总会从暖房里剪一两枝送给来访者。有一件事她不喜欢，那就是新教徒贴在墙上的传单；但

① 新教徒创办的一家慈善性洗衣店，最初是收容街头妓女之地。

这位女管家真的是一个大好人，很有教养。

当厨师告诉她一切都准备好了，她就去了女客房间里开始拉响大钟。几分钟后，女人们开始三三两两地进来，把热气腾腾的双手在衬裙上擦着，把衬衣的袖子拉下来，罩住热气腾腾的红色手臂。她们在厨师和哑巴为她们准备好的大杯热茶前坐下来，茶水里已经加好了大锡罐里的奶和糖。玛丽亚负责葡萄干松饼的分发，看到每个女人都拿到了四片。吃茶点时她们又笑又开玩笑。莉齐·弗莱明说玛丽亚肯定会得到一枚婚戒，尽管弗莱明在无数个万圣节前夕说过此话，玛丽亚不得不笑着说她不想要婚戒，也不想要男人；当她笑的时候，她那灰绿色的眼睛里闪着失望与羞怯的光芒，鼻尖几乎碰到了下巴尖。然后，金吉尔·穆尼举起茶杯祝玛丽亚健康，别的女人也纷纷拿起杯子敲着桌面，并说她很抱歉今天没有黑啤喝。玛丽亚又笑了起来，直笑到鼻尖几乎触到下巴尖，直笑到她那矮小的身体几乎要散架，因为她知道穆尼是善意的，当然，她只有一个普通女人的想法。

不过，当这些女人用完茶点，当厨师和哑巴开始收拾茶具，玛丽亚有多高兴啊！她去了她的小卧室，想起第二天早上是要做弥撒的，就把闹钟的指针从七点调到六点。然后她脱下围裙和工作靴，把她最好的一条裙子摊在床上，把她的小礼服靴放在床脚边。她还换了一件衬衫，站在镜子前，她想到在她还是一个小女孩时，星期天早晨她常常会为参加弥撒而打扮起来；她带着奇特的感情看着她时常打扮的瘦小的身体。尽管过了那么多年，她发现自己的身体依然小巧玲珑。

她走到外面，天在下雨，街上亮晶晶的。她庆幸自己穿着那件棕色的旧斗篷雨衣。电车上挤满了人，她只好坐在车尾的小凳子上，面朝着所有的乘客，脚尖几乎碰不着地。她在心里计划好了所有她想做的事情，想着做一个自食其力的人，口袋里有自己的钱，有多好啊。她希望他们能度过一个美好的夜晚。她确信他们会的，但她禁不住想阿尔菲和乔彼此不理睬真是遗憾。他们现在总是吵架，但小时候是最要好的朋友：生活就是这样的。

她在纪念柱站下了电车，迅速地在人群中探路而去。她走进唐斯的蛋糕店，但店里有很多人，过了很长一段时间才有店员来为她服务。她买了一打便宜的什锦蛋糕，最后提着一个大袋子走出了商店。然后她想她还要买些什么：她想买一些真正的好东西。他们肯定已有很多苹果和坚果。真不知道该买什么好，她能想到的只有蛋糕。她决定买些李子蛋糕，但是唐斯的李子蛋糕上的杏仁酥皮少得可怜，于是她去了亨利街的一家商店。她在那里花了很长一段时间精挑细选，柜台后面那个时髦的年轻女士显然有点被她搞懵了，问她是不是要买婚礼蛋糕。玛丽亚红着脸对那位小姐笑笑；但是那位年轻女士却很认真，最后她切了一块厚厚的李子蛋糕，把它包好后说：

"请付两先令四便士。"

她以为她得站着乘德鲁姆孔德拉电车了，因为车上的年轻人似乎都没有注意到她，但一位年长的绅士给她让了座。他是个魁梧的绅士，戴着一顶棕色的硬礼帽；他有一张红彤彤的方脸，胡须灰白。玛丽亚觉得这位绅士看上去像个上校，她觉得他比那些直盯着前面看的年轻人有礼貌多了。老绅士开始和她闲聊起这个万圣节前夕和下雨天。他估计她的包里肯定装满了给小孩子们的好东西，他说人在小时候就应该痛痛快快地玩乐。玛利亚赞同他的意见，并以娴静的点头和"嗯，嗯"来答应他。他对她很好，当她在运河桥下车时，她向他道谢并鞠躬，他也向她鞠躬，并举起帽子，愉快地笑了笑；当她在雨中低着她的小脑袋，沿着联排房屋往上走的时候，她想到要了解一个人是不是绅士其实很简单，哪怕此人喝醉了酒。

当她来到乔家的时候，大家都说："哦，玛丽亚来了！"乔在家里，刚下班回来，所有的孩子都穿上了星期日的衣服。隔壁来了两个高大的女孩，孩子们都在玩。玛丽亚把那袋蛋糕给了年龄最大的男孩阿尔菲，让他去分给孩子们吃，唐纳利太太说她太好了，拿来这么一大袋蛋糕，并让每个孩子都对她说：

"谢谢，玛丽亚。"

但玛丽亚说她给爸爸妈妈带来了一些特别的东西，他们肯定会喜欢的东西，她开始找她的李子蛋糕。她在唐斯的袋子里找，在她斗篷雨衣的口袋里找，最后还在门厅的衣帽架上找，但都没找到。然后她问孩子们有没有吃过——吃错了，当然是——但孩子们都说没有，看上去好像如果有人冤枉他们偷吃的话，他们就不要吃蛋糕了。对这个谜团每个人都有一种说法，唐纳利太太认为玛丽亚肯定把它忘在电车里了。玛丽亚想起来，遇见那个留着灰胡子的绅士使她多迷惑，一阵羞愧、烦恼和失望之感使她面红耳赤。一想到她要给他们来个小惊喜的计划泡汤了，还有她白白扔掉的两先令四便士，她几乎要当场哭出来。

但乔说没关系，让她在火炉边坐好。他对她非常好。他把办公室里发生的一切都告诉了她，还给她讲了一个他回答经理时说的一句聪明话。玛丽亚不明白乔为什么对自己的这句回答笑得这么厉害，但她说那位经理一定是个很难相处的傲慢的人。乔说他还没那么坏，只要你知道该如何对付他，他是个正派的人，只要你不去惹怒他。唐纳利太太为孩子们弹钢琴，他们又跳又唱。然后隔壁的那两个姑娘开始发坚果。谁都找不到胡桃夹子，乔差点儿气疯了，问他们没有胡桃夹子让玛丽亚怎么吃胡桃呢。但玛丽亚说她不喜欢吃坚果，让他们别为她操心。然后乔问她要不要来一瓶烈性啤酒，唐纳利太太说如果她想喝家里还有红葡萄酒。玛丽亚说希望不要麻烦他们了，但乔坚持要她喝。

于是玛丽亚就听他的话喝了，他们坐在火炉旁，谈着往事，玛丽亚想着要为阿尔菲说句好话。但是乔喊着说，如果他再和他弟弟说一句话，就让上帝直接把他劈死。玛丽亚说她很抱歉，提起了这个话题。唐纳利太太对丈夫说，这样说自己的亲兄弟真是恬不知耻，但乔说阿尔菲不是他的兄弟，他们几乎为此吵了起来。但是乔说今晚他是不会发脾气的，他让妻子再开几瓶黑啤。隔壁的两个姑娘安排了一些万圣节前夕的游戏，很快又恢复到欢乐的气氛。玛丽亚很高兴看到孩子们如此快乐，乔和他的妻子也兴头这么好。隔壁的姑娘们在桌上放了些碟子，然后把孩子们带到桌边，蒙上眼睛。一个孩子摸到了祈祷书，另外三个摸到的是圣水，隔壁的小姑娘中的一个摸到了戒指①，

①　这种游戏带有某种预兆性：祈祷书对应女修道院，水对应旅途，戒指对应婚姻。泥土（clay），则对应着死亡。

唐纳利太太对着这个脸红的姑娘摇了摇手指，意思是说："哦，我都知道了！"然后，他们坚持要蒙住玛丽亚的眼睛，把她领到桌子前看看她会摸到什么；当他们给她戴上眼罩时，玛丽亚笑了又笑，直到她的鼻尖几乎碰到下巴颏。

他们把她带到桌边，一边笑着，一边开玩笑，她遵照他们的意思把手举在空中。她的手在空中这里那里摸索了一阵，然后放下来停在了一个碟子上。她觉得自己摸到的是一个软绵绵、湿漉漉的东西，她奇怪这时没人和她说话，也没人帮她摘下眼罩。停顿了几秒钟；然后是一阵细细的脚步声和窃窃私语声。有个人说了关于花园的什么事，最后唐纳利太太对隔壁的一个女孩严厉地骂了一句，并吩咐她马上把那玩意扔掉：这可不是闹着玩的。玛丽亚知道自己摸错了东西，因此她不得不再来一遍，这次她摸到的是祈祷书。

在那之后，唐纳利夫人为孩子们演奏了麦克劳德小姐创作的里尔舞曲，乔让玛丽亚喝了一杯酒。很快他们又都高兴起来，唐纳利太太说玛丽亚会在年底前进修道院的，因为她抓到了祈祷书。玛丽亚从未见过乔像今天晚上那样对她那么好，他们在一起开心地聊天，回忆往事。她说他们都对她太好了。

最后，孩子们玩得又累又困，乔问玛丽亚是否愿意在回去之前唱一首歌，一首老歌。唐纳利太太说："唱吧，玛丽亚！"于是，玛丽亚只得站起来，走到钢琴旁边。唐纳利太太叫孩子们保持安静，听玛丽亚唱歌。然后，她弹起了一段前奏，说道："唱吧，玛丽亚！"玛丽亚脸红得厉害，用颤抖的声音轻声唱起来。

她唱着《我梦见我住在······》①，音乐进入第二节，但她仍唱着第一节的词：

> 我梦见我住在大理石的厅堂，
> 家臣和仆役随身环绕，
> 高墙之内众人熙熙攘攘，
> 我即希望与骄傲。
>
> 我的财富无数，亦可自矜，
> 出身名门高第，
> 但我仍在梦想，最令我餍足的欢欣，
> 是你爱我一如往昔。

　　但是没有人想向她指出错误；她唱完了，乔非常感动。他说不管别人怎么说，过去的时光总是最美的，可怜的老巴尔夫的音乐总是最棒的；他的眼里满含着泪水，甚至都找不到他要找的东西了，最后他不得不让妻子告诉他开瓶器放在哪里了。

---

① 《伊芙琳》一篇中提到的爱尔兰作曲家巴尔夫创作的轻歌剧《波希米亚姑娘》中的一个著名唱段。参见第34页。阿莉纳梦到自己被吉卜赛人诱拐前的生活。

一桩惨案

詹姆斯·达菲先生住在查珀里佐德，因为他希望住得尽可能远离城市，尽管他还是这座城市的市民，也因为他觉得除此以外的都柏林郊区全都丑陋、现代、矫揉造作。他住在一所阴暗的老房子里，从窗户往前看可以看见废弃的酿酒厂或抬头看可以看见都柏林建于其上的那条狭窄的河流。他那间没有铺地毯的房间的高墙上没有挂任何图画。房间里的每件家具都是他自己买的：一张黑色的铁床架，一只铁的脸盆架，四把藤椅，一个衣帽架，一只煤篓，一只壁炉，熨斗和上面搁着带盖写字台的一张方桌。一只书架设置在壁龛里，里面的搁板是白木的。床上盖着白色的床罩，一块红黑相间的小地毯罩住了床脚。脸盆架的上面挂着一面手提式小镜子，白天，壁炉台上唯一的装饰品是一只白色灯罩的台灯。白色木制书架上的书按大小从下往上排列。一套华兹华斯全集摆在书架最底层的一端，一本《梅

努斯教义问答集》①套在一本笔记本的布面封套里放在书架顶
层的一端。书写用具总是放在桌子上。桌子上还放着一部霍普
特曼的《迈克尔·克莱默》②的翻译手稿，用紫墨水写着该剧
的舞台指导，还有一小沓纸用一只铜别针钉在一起。在这些纸
上不时写着一句话，讽刺的是，一则关于"Bile Beans"（胆汁豆）③
的广告的大标题被贴在了第一页。掀开写字台的盖子，一股淡
淡的香味飘出来——可能是遗忘在盖子里面的杉木制的新铅笔
或一瓶胶水或一只烂苹果散发出来的。

　　达菲先生讨厌代表了肉体或精神紊乱的任何东西。中世纪
的医生会管他叫忧郁症患者。他的脸，上面刻着他一生的故事，
如都柏林的街道一般棕黄。他又长又大的脑袋上长着一头干枯
的黑发，一撮黄褐色的小胡子遮不住他那张严肃的嘴。他的颧
骨也使他脸上有了一种严厉的表情；但他的一双眼睛看上去并
不严厉，它们在棕色的眉毛下观察着这个世界，给人留下一种
这个男人总想在别人身上找到赎罪的本能但常常失望的印象。
他身上总有种神不守舍的样子，就好像在用怀疑的目光偷偷观
察着自己的行为。他有一个写自传的怪癖，这使他不时地在脑
海里构思一句关于他自己的短句，这个短句会包含一个第三人
称的主语和一个过去时态的谓语。他从不施舍乞丐，手提一根
结实的榛木杖，走起路来一本正经。

---

① 梅努斯是爱尔兰最重要的一所神学院，这本问答集是由该学院汇编出版的。

② 德国剧作家盖哈特·霍普特曼（Gerhart Hauptmann，1862—1946）创
作的一出戏剧。

③ 都柏林新闻界经常出现的一种流行泻药的广告。

他多年来一直在巴格特街的一家私人银行里做出纳。每天早晨他从查珀里佐德坐电车过来。中午去丹·伯克饭店吃午饭——一瓶淡啤酒和一小盘葛粉饼干。他四点钟下班，然后在乔治街的一家餐厅吃晚饭，他觉得那里很安全，因为在那里不会遇见都柏林的纨绔子弟，结账时也不会被乱宰。黄昏时分，他不是在女房东的钢琴前，就是在城郊散步。他对莫扎特音乐的喜爱使他有时也会去听歌剧或音乐会：这是他生活里唯一的娱乐活动。

他既没有同伴也没有朋友，既不去教会也没有宗教信仰。他过着不与他人做任何交流的精神生活，圣诞节他会去拜访亲戚，亲戚中有人去世他会去墓地送葬。为了古老的面子问题，他履行着这两项社会职责，但对那些约束公民生活的其他习俗不做任何让步。他允许自己这么去想，在某种特定条件下他可以去抢劫自己任职的银行，但由于这种条件从未出现，他的生活过得风平浪静——没有任何冒险经历。

有天晚上，他坐在圆形剧场里，旁边坐着两位女士。剧场里的观众寥寥无几，非常安静，痛苦地预示出这出戏的失败。坐在他旁边的那位女士瞅了瞅空空荡荡的剧场，然后说：

"真遗憾今晚这里人少得可怜！对演员来说实在太难了，不得不对着一排排空座位演唱。"

他把这句话看作是她想和他说话。她看上去相当自然，这使他颇为惊讶。他们交谈时，他想把她永远固定在自己的记忆里。当他得知坐在她旁边的小姑娘是她的女儿，他估计这位女士比他年轻一两岁。她的脸过去肯定很漂亮，现在仍显得很聪明。她有一张椭圆形的脸，脸上特征鲜明。一双深蓝、沉静的眼睛。她的目光里一开始有种挑衅的味道，但是在从眼眸到虹膜里透露出的一种刻意的迷蒙的蛊惑下，一下子又展现出一种敏感的气质。她的眼眸很快就恢复了镇定，这种半露的气质再次屈服于谨慎的统治之下，她的羊羔皮上衣塑造了一个相当丰满的胸部，也使这种挑衅的味道变得更为清晰。

几周后，他在厄尔斯福特音乐厅的一场音乐会上又遇见了她，在她女儿分神的时候他抓住机会和她套近乎。她有那么一两次提到了自己的丈夫，但她的语气里并没有明确警告他的意思。她的名字叫西尼科夫人。她丈夫的曾曾祖父来自意大利的莱霍恩。她丈夫是往返于都柏林和荷兰的一艘商船的船长；他们有一个孩子。

第三次和她偶遇时，他鼓起勇气约她出来。她来了。这是他们在一系列黄昏时刻的约会的开始；他们总是选择在最僻静的角落一起散步。然而，达菲先生不喜欢这种偷偷摸摸的约会方式，他觉得他们在被迫地悄悄见面，就硬让她请他去她家。西尼科船长欢迎他的来访，以为他女儿的婚姻问题有了指望。因为他已经完全放弃了在妻子身上能找到任何快乐的想法，所以他丝毫也不怀疑会有任何人对他妻子感兴趣。因为西尼科先生常常出海，女儿常常要去外面教音乐课，达菲先生便拥有了和夫人交往的大量机会。他和她此前都没有过这样的经历，所以他们俩都不觉得这有什么不合适的。他的思想渐渐和她的融合在一起。他借书给她看，把自己的思想告诉她，和她分享自己的精神生活。她把他说的每句话都听进了耳朵。

　　有时为了回应他的思想，她也会说一点自己的真实生活。以近乎母亲般的关怀，她要求他对自己完全敞开心扉：她成了听他忏悔的牧师。他对她说，他有一段时间参加了爱尔兰社会党的集会，在一个点着昏暗的油灯的阁楼上，在十来个严肃的工人中间，他觉得自己是个与众不同的存在。后来该党分裂为三派，每派都有自己的领导，都在各自的阁楼里开会，他就不再参加了。工人们的讨论，他说，太胆小了；他们对工资问题的兴趣又太大了。他觉得他们都是些性格强硬的现实主义者，他们憎恨那种不是他们触手可及的纯粹的休闲方式。他告诉她，在几个世纪里都柏林都不可能会发生社会革命。

　　她问他为什么不把自己的想法写出来。为了什么，他问她，带着略微的轻蔑。为了和那些爱说漂亮话，连持续一分钟的思考都做不到的家伙们比高低吗？为了使自己接受迟钝的中产阶级的批评吗？为了那些把道德观交给警察、把艺术观交给剧团经理去判断的中产阶级吗？

　　他经常去她在都柏林郊外的小屋；他们俩经常在黄昏时单独待在一起。当他们的思想渐渐融合在一起时，他们交谈的话题并非遥不可及。她的陪伴就像是一株异国的植物遇上了一片温暖的土壤。她多次任由黑暗降临在他们身上，而不去点灯。在黑暗而隐蔽的房间里，他们与世隔绝，依然回荡在他们耳边的音乐使他们团结在一起。这样的联盟提高了他的境界，磨灭了他性格中的粗糙表皮，使他的精神生活变得有人情味。有时，他倾听自己的说话声音。他以为在她眼里他会升华到天使的境界；当他对同伴的热情性格感到越来越亲近时，他听到了一种

奇怪的、非人的声音，他听出那是他自己的声音，它坚持要求
灵魂保持住无可救药的孤独。我们不能献出自己，它说：我们
是属于自己的。这些谈话是这样结束的，有一天晚上，西尼科
夫人表现得异常激动，她狂热地抓起他的手，把它压在自己的
脸颊上。

　　达菲先生非常惊讶。她对他的话的理解使他幻灭。他有
一个星期没去看她了；然后他写信给她，让她去见他。因为
他不希望他们的最后一次见面会受到被破坏了的忏悔的影响，
所以他们在一个公园门口的小咖啡馆里碰面。那是个寒冷的
秋天，尽管很冷，他们还是在公园的小道上来回溜达了将近
三个小时。他们同意结束交往：每一种关系，他说，都会以
悲伤告终。当他们从公园出来的时候，她默默地朝电车站走去，
但此时她开始剧烈地颤抖，他怕她会再次崩溃，于是就和她
匆匆告别，离开了她。几天后，他收到一只装着他的书和音
乐的包裹。

　　四年过去了。达菲先生又回到了平淡的生活。他的房间仍
然能够证明他思想的井然有序。楼下房间里的乐谱架上放着
一些新的谱子，书架上放着尼采的两卷书：《查拉图斯特拉如是
说》和《快乐的知识》①。他很少用放在桌子上的一沓纸写字。
在他最后一次和西尼科夫人见面的两个月后，他写了这么一句：
男人与男人之间不可能有爱情，因为不存在性爱；男人和女人

----

① 这里的书名原文用的是英语，而非德语。乔伊斯对尼采非常感兴趣。考虑
到直到 1890 年代后期，尼采才对英国的一部分知识分子产生影响，1903 年的
乔伊斯已经表现出了他非同一般的敏锐。

之间不可能有友谊，因为存在性爱。他回避去听音乐会，以免遇见她。他父亲去世了；银行的小合伙人退休了。每天早晨他还是坐电车去市内，每天晚上在乔治街吃完朴素的晚饭、看完当作餐后甜点的晚报，从城里步行回家。

一天晚上，他正准备把一小片咸牛肉和卷心菜塞进嘴里时，他的手停了下来。他的眼睛盯住了晚报上的一段文字，晚报靠在一只玻璃水瓶上。他把食物重新放回到盘子里，专心致志地看那段文字。然后他喝了一杯水，把盘子推到一边，把报纸摊开放在两只胳膊肘之间，一遍又一遍地看那一段。卷心菜在他的盘子上凝结出一道冷冷的白色油脂。女招待走过来问他是不是今天的晚餐没做好。他说味道很好，然后勉强吃了几口。随后就结账走出去了。

他在十一月的暮色中快步走着，他那根结实的榛木手杖有规律地敲打着地面，淡黄色的《都柏林晚报》①一角从他那件紧身的双排纽大衣的侧面口袋里露出来。走在从公园门到查珀里佐德的空荡荡的路上，他放慢了脚步。他的手杖不再那么用力地敲击地面，他的呼吸不规律，几乎带着一种叹息声，凝固在冬季的空气里。他回到家，立刻上楼去了卧室。然后，从口袋里拿出报纸，在窗口若明若暗的光线下，再次阅读那段文字。他没有大声朗读，而是像牧师在默念祷文时那样动了动嘴唇。那段文字是这样的：

---

① 都柏林的亲英派时报。

一位女士死于悉尼广场
一桩惨案

今天在都柏林市医院，副验尸官（勒韦特先生当时不在场）对艾米丽·西尼科夫人的尸体进行了一番检查，夫人的年龄是四十三岁，昨天傍晚在悉尼广场站遇难。证据显示死者当时正在穿越路轨，被上午十点从金斯敦开出的一趟慢车的车头撞倒，头部及躯干右侧受伤导致死亡。火车司机詹姆斯·列侬自述他已在铁路公司工作了十五年。一听到车站安全员的哨声，他就开动了火车，但在一两秒后听到大声的叫嚷，就紧急刹车了。因此火车开过去时的速度是很慢的。

铁路搬运工 P·邓恩说，就在火车正要启动时，他注意到一个女人企图穿越铁轨。他就冲过去朝她喊，但还没等他跑到她那儿，她已经被火车引擎的缓冲器撞倒在地了。

陪审员："你看见那位女士摔倒了？"

证人："是的。"

警官克罗利证实，当他赶到时，他发现躺在月台上的女士显然已经死亡。他把尸体搬到候车室，等待救护车的到来。

57E 区的警署署长也证实了这一点。

都柏林市医院外科医生助理哈尔平医生声称死者两根下侧肋骨骨折，右肩严重挫伤，头部右侧在倒地时受伤。

这些外伤不足以导致一个正常人的死亡。在他看来，死亡可能是休克和心脏的突然衰竭造成的。

H·B·帕特森·芬利先生代表铁路公司，表示他对这场事故深感遗憾。公司一贯采取各种措施预防有人不走天桥直接穿越路轨，包括在每个车站张贴告示牌，在平地道口使用专用的弹簧门。死者习惯于在深夜穿越路轨从一侧站台走到另一侧站台，鉴于本案的某些其他情况，他不认为铁路官员该为此事负责。

西尼科船长，家住悉尼广场的莱奥维尔，即死者的丈夫，也提供了证据。他自述，死者是他的妻子。事故发生时他不在都柏林，他是第二天早上才从鹿特丹回来的。他们结婚二十二年了，婚姻生活一向很美满，直到大约两年前他妻子开始养成酗酒的习惯。

玛丽·西尼科小姐说她母亲近来有个习惯，就是深夜出去买酒喝。她作为证人陈述，她经常试图和母亲讲道理，并劝她加入戒酒组织。她是事故发生后一小时才回家的。

陪审团根据医学鉴定的结果做出裁断，判决列侬无罪。

副验尸官说这是一起令人悲痛的惨案，并表达了他对西尼科船长及其女儿的无比同情。他敦促铁路公司采取有力措施来消除以后发生类似事故的可能性。没有任何人受到指控。

达菲先生从报纸上抬起眼睛，凝视着窗外无趣的夜景。那条河在空荡荡的酿酒厂旁边静静地流淌，从卢肯路上的某幢房

子里时不时地会冒出灯光。结果就是这样！对她死亡的整个叙
述使他感到厌恶，想到他曾经告诉过她自己认为什么是神圣的
也使他感到厌恶。陈词滥调，空洞的同情，记者的谨慎措辞掩
盖了一件普通的、庸俗的死亡案件的详情，这一点也使他恶心。
她不仅玷污了自己，也玷污了他。他看见了她身上肮脏堕落的
一面，既可悲又丑陋。还是他的灵魂伴侣呢！他想到了他见过
的那些步履蹒跚的可怜虫，他们拿着空罐头或空瓶子让酒保往
里面倒满酒。公正的上帝啊，这是个什么样的结局啊！显然，
她是个不合时宜的人，一个没有意志力、没有目标的人，容易
沦为不良嗜好的猎物，一具文明培育出来的残骸。但是她可能
堕落到如此地步吗？！她在他心里的形象有没有可能完全是自
我欺骗？他记得那天晚上她激情的爆发，此时他用一种比以前
更为苛刻的方式去看待那个情形。他现在可以轻松地认可自己
曾采取的行动了。

　　当灯光熄灭，他的思绪开始飘荡时，他想到了她的手曾抚
摸过他的。最初使他反胃的震惊现在开始攻击起他的神经。他
快速穿上大衣，戴上帽子，走了出去。冷空气在门外迎接他，
悄悄溜进了他的大衣袖子。走到查珀里佐德桥的小酒馆时，他
进去点了一杯热的潘趣酒。

　　店老板恭敬地招待了他，但没有和他说话。店里有五六个
工人在讨论基尔代尔郡的一座绅士庄园值多少钱。他们间或拿
起一品脱装的大酒杯喝酒，抽烟，常常往地上吐痰，有时还用
沉重的靴子在痰液里蹭，为了把粘在靴子上的刨花屑蹭下来。
达菲先生坐在凳子上直直地看着他们，但既看不见他们也听不

见他们。过了一会儿他们出去了，他又叫了一杯潘趣酒。他坐了很长时间才喝完这杯酒。酒馆里很安静。老板趴在柜台上看《先驱报》[1]，打着呵欠。时不时，能听见一辆电车在外面那条冷清的路上嗖嗖地驰过。

他坐在那里，重温着和她在一起的日子，脑子里交替出现他现在为她设想的两种形象，他意识到她已经死了，她不复存在了，她已成为一种回忆。他开始感到不安。他问自己还有什么能做的。他当时不能和她一起演一出骗人的喜剧；他当时不能公开和她同居。他做了他觉得是最好的事。怎么能怪他呢？现在她死了，他明白了她的生活肯定非常孤独，每天晚上独自一人坐在那间房间里。到他也死了，不复存在了，成为回忆了——如果有人记得他的话，他的生活也肯定是孤独的。

他离开小酒馆时已经九点多了。夜晚很冷，很阴郁。他从一号门进了公园，沿着光秃秃的树林往前走。他穿过他们四年前曾走过的那条荒凉的小径。黑暗中，她仿佛就走在他身旁。有时，他好像觉得耳朵里听见了她的声音，她的手抚摸着他的。他一动不动地站住，倾听着。他为什么将她排斥于生活之外？他为什么判她死刑？他感到自己的道德本性彻底崩溃了。

登上麦加辛山的山顶，他停下脚步，视线沿着河流看向都柏林，那里灯火通明，在寒冷的夜晚显得格外殷勤好客。他又俯视斜坡，在山脚下，在公园围墙的阴影里，他看到躺着几个人。那些偷偷摸摸、金钱交易的爱使他充满了绝望。他琢磨着

---

① 《先驱晚报》，都柏林的大众报，持有温和的民族主义主张。

他那严肃的生活；他觉得自己被生活的乐趣排斥在外。有个人似乎爱过他，但他拒绝给她生活与幸福：他判处她不知羞耻之罪，耻辱的死刑。他知道在墙根底下俯卧着的那些人在看着他，希望他离开。没有人想要他；他被生活的乐趣排斥在外。他把眼睛转向那条闪烁着灰色光芒的河流，向着都柏林蜿蜒而去的那条河流。他看见一列货运列车在河对岸逶迤地驶出金斯布里奇车站，像一条火热的蛀虫执拗地、吃力地扭动着穿过黑暗。它慢慢地从视线中消失了；但他耳边还是听到嗡嗡的引擎声在反复呢喃着她的名字。

他折回来时的路上，引擎的节奏敲打着他的耳朵。他开始怀疑记忆告诉他的事实。他在一棵树下驻足，让节奏渐渐退却。在黑暗中，他感觉不到她在身旁，耳朵里也听不见她的声音。他停下来听了一会儿，可什么也听不见：一个阒寂无声的夜晚。他又听了一遍：万籁俱寂。他觉得自己孤零零的。

委员会办公室里的常春藤日 [①]

老杰克用一块纸板把煤渣耙在一起，然后老练地把它们铺在发白的火炭顶上。当火炭顶渐渐变薄，他的脸便隐入黑暗中，但他又把火扇起来，他那蜷缩的影子在对面的墙上升起，他的脸又慢慢地映入了火光。那是一张老人的脸，骨瘦如柴，胡子拉碴。湿润的蓝眼睛对着炉火眨巴着，湿润的嘴时而张开，吧唧几下，然后又机械地合上了。煤屑燃着后，他把那块纸板靠在墙上，叹了口气说：

"现在火旺多了，奥康纳先生。"

奥康纳先生，一个白头发的年轻人，脸上疙疙瘩瘩的满是

---

① 常春藤日（Ivy Day）：10 月 6 日，爱尔兰民族党的伟大领袖查尔斯·斯图亚特·帕奈尔（Charles Stewart Parnell，1846—1891）的逝世纪念日。在帕奈尔的葬礼上，为他送行的人们在衣领上佩戴常春藤叶以示哀悼，此后便形成了这一纪念日。

粉刺，刚把烟叶卷入一个锥形的纸筒，但当老人和他搭话时，他又若有所思地把卷好的烟打开。然后他又若有所思地把烟卷起来，思考了一会儿后，决定舔一下卷烟纸。

"蒂尔尼先生说了他什么时候回来吗？"他用沙哑的假嗓子问道。

"他没说。"

奥康纳先生把香烟放进嘴里，开始掏他的口袋。他拿出一叠薄薄的硬纸片。

"我给你拿根火柴。"老人说。

"没关系，这就行了。"奥康纳先生说。

他选了一张卡片，读了上面印的内容：

市政选举

皇家交易所 [①]

理查德·J·蒂尔尼先生，济贫法执行官，恳请您在即将于皇家交易所举行的选举中鼎力支持，投上您值得尊敬的一票。

奥康纳先生已被蒂尔尼的代理人委托去交易所检票，但由于天气恶劣，他的靴子进了湿气，所以他一天的大部分时间都坐在威克洛街 [②] 的委员会办公室里的火炉旁边，和看门人老杰

---

① 市政选举会议举行地。19 世纪 50 年代，都柏林市议会购买了皇家交易所，将其用作市政府厅。

② 民族党的总部，得名自威克洛郡——帕奈尔的出生地。

克在一起。他们从短暂的白昼开始变暗起就一直坐在这里。今天是十月六日，室外阴冷潮湿。

奥康纳先生撕下一片纸条，点燃后点上了他的香烟。当他这样做的时候，火光照亮了他的上衣翻领上戴着的一片幽暗的常春藤叶。老人仔细地观察着他，然后又拿起那块纸板，开始慢慢地扇起火来，与此同时，他的同伴在抽烟。

"啊，是的，"他继续说，"如何教育孩子是个很难的问题。谁能想到他会变成现在的样子！我把他送到基督教兄弟会，为他做了我力所能及的一切，而他却整天喝得烂醉。我就想让他做个体面人。"

他疲倦地把纸板放回原处。

"虽然我已经老了，但我还想让他改邪归正。在他小时候我用棍子打他的背脊——过去这事我干过无数次。他妈妈，你知道，总是这样那样地包庇他……"

奥康纳先生说："小孩就是这么被惯坏的。"

"确实如此，"老人说，"而且你包庇他，他并不会因此而感激你，只会变得越来越没有礼貌。每当他看到我喝一口，就会抓我的把柄。儿子对老子这样说话，这世界还搞得好吗？"

"他多大了？"奥康纳先生问。

"十九。"老人说。

"你为什么不给他找点事情做？"

"当然，自从那个醉醺醺的无赖离开学校后，我不知道给他找过多少工作。'我不会养你一辈子的，'我对他说，'你必须去找份工作做。'但是，当然，他找到工作后情况反而更糟；

挣来的工钱全让他喝到肚子里去了。"

奥康纳先生同情地摇了摇头，老人沉默下来，凝视着火光。有人打开房门，嚷道：

"你好！共济会是在这里开会吗？"

"你是谁？"老人问。

"你们黑灯瞎火地干什么呢？"一个声音问道。

"是你吗，海恩斯①？"奥康纳先生问。

"是的。你们黑灯瞎火地干什么呢？"海恩斯先生说着，走到了火光摇曳的火炉前。

他是个颀长、清瘦的年轻人，留着浅棕色的小胡子。他的帽檐和翻起的衣领上挂着几滴雨珠。

"呃，马特，"他对奥康纳先生说，"情况怎么样啊？"

奥康纳先生摇了摇头。老人离开火炉，在房间里蹒跚着，拿着两只烛台走回来，就着炉火依次点上，然后摆在桌子上。空荡荡的房间随即映入眼帘，炉火也为之黯然失色了。除了一份竞选演讲稿的复印件外，办公室的墙上啥也没有。办公室中央有一张小桌子，上面放着堆积如山的文件。

海恩斯先生靠在壁炉架上问道：

"他给你钱了吗？"

"还没有，"奥康纳先生说，"我祈祷上帝今晚他不会再令我们失望。"

海恩斯先生笑了。

---

① Hynes 来自盖尔语的"eidhean"，意为常春藤。

"哦，他会付钱给你的，别担心。"他说。

"如果他是认真的，我希望他能放聪明点。"奥康纳说。

"你觉得呢，杰克？"海恩斯先生嘲讽地对老人说。

老人回到炉边的座位上说：

"我不这么认为，但他还行。不像另一个白铁工^①。"

"哪个白铁工？"海恩斯先生问。

"科尔根。"老人轻蔑地说。

"你这么说是因为科尔根是个工人吗？一个诚实的泥瓦匠和一个收税员的区别在哪里——嗯？工人不也像任何人一样有权进入政府部门吗——啊，不是比老是对权贵们溜须拍马的亲英分子更有权利吗？不是吗，马特？"海恩斯先生对奥康纳先生说。

"我认为你是对的。"奥康纳先生说。

"科尔根是个普通、诚实的人，从不趋炎附势。他代表工人阶级参选。而你为之工作的那个家伙只是想捞到某个职位而已。"

"当然，工人阶级应该有代表。"老人说。

"做工人的，"海恩斯先生说，"当牛做马也没有什么好处。但是，是劳动创造了一切。工人没有为他的儿子、外甥、侄女什么的谋求私利。工人不会为了取悦一位德国君主而糟践了都柏林的荣誉。"

---

① 白铁工（tinker），该词在爱尔兰有特殊含义，原意是指在爱尔兰历史上遭到驱逐的农民的后代，后指流浪汉、社会的边缘人，包括乞丐、无家可归者、打短工的等。爱尔兰人在说到这个词时往往会含有恐惧、同情、鄙视等多种混杂的感情。

"什么意思啊？"老人说。

"你不知道他们准备对在位的爱德华国王 ① 致欢迎辞吗，如果他明年来这里的话？难道我们想对一个外国人的国王磕头吗？"

"我们的参选人不会投票赞成致欢迎辞的。"奥康纳先生说，"他关心的是民族党的选票。"

"他不会吗？"海恩斯先生说，"你等着看他会不会。我了解他。他不是叫老狐狸迪基·蒂尔尼吗？"

"上帝啊！也许你是对的，乔，"奥康纳先生说，"不管怎么说，我希望他会带钱来。"

三个人沉默了。老人开始把更多的煤渣耙在一起。海恩斯先生摘下帽子，甩掉雨水，然后把大衣领子翻下来，露出领子上的那片常春藤叶子。

"如果这个人 ② 还活着，"他指着那片叶子说，"我们就听不到欢迎辞之类的东西了。"

"确实是的。"奥康纳先生说。

"啊，愿上帝与他们同在！"老人说，"那时的日子过得才算有劲啊。"

办公室里又安静下来。然后，一个匆匆忙忙的小矮子抽着鼻子、竖着冰冷的耳朵推门进来了。他快步走到火炉边，摩擦着双手，像是想从中擦出火花来。

---

① 指爱德华七世（Edward VII，1841—1910），英国和爱尔兰的国王，于1903年访问都柏林。他具有德国血统。

② 指帕奈尔。

"没钱，伙计们。"他说。

"坐下吧，亨奇先生。"老人说着，把自己的椅子递给他。

"哦，别麻烦，杰克，别麻烦。"亨奇先生说。

他急匆匆地对海恩斯先生点了点头，在老人让给他的椅子上坐下来。

"你是负责昂吉尔街的选票的吗？"他问奥康纳先生。

"是的。"奥康纳先生说，开始在口袋里寻找记事本。

"你走访过格里姆斯了吗？"

"是的。"

"呃？那他什么态度呢？"

"他不能保证。他说：'我不会告诉任何人我要投谁的票。'但我想他没问题的。"

"为什么？"

"他问我们这边的提名人是谁，我告诉了他。我还提起了伯克神父的大名。我想不会有问题的。"

亨奇先生开始抽鼻子，双手以惊人的速度在炉火上搓着。然后他说：

"看在上帝的分上，杰克，给我们拿点煤来。肯定还剩一点的。"

老人走出办公室。

"毫无进展，"亨奇先生摇摇头说，"我问那个小鞋匠要钱，但他说：'哦，听我说，亨奇先生，只要我看到工作正在有条不紊地进行，就不会忘记你的，你放心好了。'这个卑鄙小人！哼，他怎么可能不是这样呢？"

"我跟你怎么说的，马特？"海恩斯先生说，"迪基·蒂尔尼是只老狐狸。"

"哦，他就像他们那帮人一样狡猾，"亨奇先生说，"瞧他那双猪猡一样的小眼睛，注定是个唯利是图的人。让他的灵魂见鬼去吧！他就不能像个男人一样爽气地把钱付清了，而不是说'哦，听我说，亨奇先生，我必须和范宁先生谈一谈……我花了很多钱'这样的废话吗？卑鄙的小赤佬，见鬼去吧！我估计他忘了他那个老爹在玛丽巷开二手服装店的时候了。"

"这是真的吗？"奥康纳先生问道。

"上帝啊，当然啰，"亨奇先生说，"你没听说过吗？以前在星期天一大早，男人们常常会在酒吧开门前先去那里买背心或者裤子什么的——真的！但老狐狸迪基的老爹有的是鬼点子，谁都搞不清他葫芦里卖的是什么药①。你现在明白了吗？就是那样的。他就是出生在这样一个家庭。"

老人拿着几块煤回来了，他把煤分散地撒在火上。

"真是一团糟，"奥康纳先生说，"他不给我们钱，怎么能指望我们为他工作呢？"

"我没办法了，"亨奇先生说，"就等着回家的时候法警在门厅里把我抓走了。"

海恩斯先生笑了，把自己的肩膀从壁炉架旁边移开了一点，他准备走了。

---

① 原文为"tricky little black bottle"，暗示他非法贩卖酒精。

"等艾迪国王 ① 来了就没事了，"他说，"好了，伙计们，现在我得走了。待会见。拜拜，拜拜。"

他慢慢地走出办公室。亨奇先生和老人都没吭声，但是，就在门关上的时候，闷闷不乐地瞪着炉火的奥康纳先生，突然喊了句：

"再见，乔。"

亨奇先生等了一会儿，然后朝门的方向点了点头。

"告诉我，"他在火炉另一头说，"是哪阵风把我们的朋友吹来的？他想要什么？"

"哦，可怜的乔！"奥康纳先生说着，把烟头扔进火里，"他手头紧，像我们一样。"

亨奇先生狠狠地吸了一下鼻子，然后吐出一大口痰，差点没把火给灭了，火苗发出嘶嘶的抗议声。

"我把我个人的真实想法告诉你，"他说，"我觉得他是另一个阵营的。要我说，他就是科尔根的探子。你也可以去他们那边转转，看看那边的形势怎么样。他们是不会怀疑你的。你懂我的意思吗？"

"不过，可怜的乔是个正人君子啊。"奥康纳先生说。

"他父亲是一个正派的体面人，"亨奇先生承认说，"可怜的老拉里·海恩斯！活着的时候做了不少好事！但我恐怕我们的这个朋友不是一个表里如一的人。该死，我能理解他现在手头紧，但我不能理解的是，他因此就去敲别人的竹杠。他身

_____

① 即爱德华七世。

上就不能有点男子汉的骨气吗？"

"他来的时候我没有表示热烈欢迎，"老人说，"他应该在自己的阵营里工作，不要来这里做探子。"

"我不知道，"奥康纳先生带着怀疑的口气说，一面拿出了卷烟纸和烟叶。"我认为乔·海恩斯是个正直的人。他也是个聪明人，会写文章。你还记得他写的……？"

"要我说，有些山里人和芬尼党人 ① 有点太聪明了，"亨奇先生说，"你知道我对这些小傻瓜的个人真实想法是什么吗？我相信他们中有一半人是拿城堡 ② 的报酬的。"

"这我就不知道了。"老人说。

"哦，但我知道这是事实，"亨奇先生说，"他们是城堡的走卒……我不是说海恩斯……不，该死，我觉得他比这些人更聪明……但是有那么一个斜白眼的小老爷——你知道我指的是哪个爱国者吧？"

奥康纳先生点点头。

"如果你喜欢的话，他就是一个希尔少校 ③ 的嫡亲子孙！哦，心里流淌着爱国者的鲜血！现在成了一个为了四便士可以出卖国家的人——是啊——哆嗦的膝盖跪下来吧，感谢万能的上帝，他还有一个国家可以出卖。"

---

① 指乡村游击队和爱尔兰共和兄弟会的成员，后者又被称为芬尼党人，该名称起源于一位抵抗外部侵略的爱尔兰传奇英雄。

② Dublin Castle，英国统治爱尔兰的政治中心。

③ 亨利·查尔斯·希尔（Henry Charles Sirr，1764—1841），参与镇压1798 年爱尔兰起义的都柏林警察局局长。对于民族党而言，希尔的名字意味着背叛、密探与暴力。

门上传来一记敲门声。

"进来!"亨奇先生说。

一个看上去像可怜的牧师或可怜的演员的人出现在门口。他的黑衣服紧紧地扣在他矮小的身体上,很难说他穿的是牧师的衣领还是普通人的,因为他那件褴褛的大衣的领子是翻上去的,裸露在外的衣领纽扣反射着烛光。他戴着一顶圆形的黑色硬毡帽。他的脸上有雨水的闪光,看上去像一块潮湿的黄奶酪,要不是颧骨上有两块红斑的话。他突然张开长长的嘴巴,为了表示失望,与此同时也睁大了他那双非常明亮的蓝眼睛来表示高兴和惊讶。

"哦,基恩神父!"亨奇先生从椅子上跳起来说,"是您吗?请进来!"

"哦,不,不,不!"基恩神父噘起嘴唇,像是对着一个孩子似的飞快地说道。

"您不进来坐一会儿吗?"

"不,不,不!"基恩神父小心翼翼地、宽厚地、柔声地说,"我不想打扰你们!我只是在找范宁先生……"

"他在黑鹰酒吧那边,"亨奇先生说,"但您干吗不进来坐一会儿呢?"

"不,不,谢谢你。只有一件小小的公事,"基恩神父说,"谢谢你,别客气。"

他从门口往后退,亨奇先生拿起一只烛台,走到门口替他照亮下楼的楼梯。

"哦,别麻烦了,不要紧的!"

"不，楼梯太暗了。"

"不，不，我能看清……真谢谢你了。"

"现在可以了吗？"

"可以了，谢谢……谢谢。"

亨奇先生拿着烛台回来，把它放在桌子上。他又在炉火旁坐下。办公室里安静了一会儿。

"告诉我，约翰。"奥康纳先生说着，又用一张纸卡片点上了香烟。

"嗯？"

"他到底是个什么样的人？"

"你这个问题太复杂了点。"亨奇先生说。

"我觉得范宁和他好像关系很好。他们经常一起在卡瓦纳喝酒。他真的是个神父吗？"

"嗯，我相信是的……我想他就是你所谓的害群之马。这样的人不多，谢天谢地！但还是有几个……在某种程度上，他算是个不幸的人……"

"那他是如何维持生计的呢？"奥康纳先生问道。

"这是另一个谜。"

"他是否隶属于任何礼拜堂、教堂，或者机构，或者……"

"不，"亨奇先生说，"我想他是个独来独往的……恕我直言，"他补充道，"我认为他是个大酒鬼。"

"我们自己有机会喝一杯吗？"奥康纳先生问道。

"我也嘴巴干了。"老人说。

"我问过那个小鞋匠三次了，"亨奇先生说，"问他能拿一打烈性啤酒来吗。我刚才又问了他一次，但他穿了件衬衫靠在柜台上，一本正经地在和阿尔德曼 ① · 考利说话。"

"你为什么不提醒他？"奥康纳先生说。

"呃，他和阿尔德曼·考利说话的时候我可不能去打搅。我一直等到他的目光注意到我身上，这才说道：'我跟你说的那件小事……''没事的，亨先生。'他说。哎，那个目中无人的小矮子肯定把这事全忘了。"

"他们肯定是在那边谈什么交易，"奥康纳先生深思熟虑地说，"我昨天在萨福克街的拐角看到他们三个在热烈地争论。"

"我想我知道他们在玩什么把戏，"亨奇先生说，"现如今想当市长大人，就必须给那些市议员们塞钱。然后他们就会让你当市长。上帝啊！我在认真考虑要为我自己弄个市议员当当。你觉得呢？我能当上吗？"

奥康纳先生笑了。

"只要花钱买……"

"坐在车上驶出市长官邸，"亨奇先生说，"穿上我的掉皮大衣 ②，杰克站在我身后，戴着扑粉的假发——怎么样？"

"让我做你的私人秘书吧，约翰。"

"是的。我会让基恩神父做我的私人牧师。到时我们要好好聚一聚。"

"我相信，亨奇先生，"老人说，"你会比他们中的有些

---

① Alderman，意为市议员。

② 原文为"vermin"（害虫），是对"ermine"（貂皮）的误用。但也有可能是乔伊斯的刻意挖苦。

人保持更好的风格。有一天，我和市政府的门卫老基根说话。'你喜欢你的新主子吗，帕特？'我对他说，'你现在请客吃饭大概不多了，'我说。'请客吃饭！'他说，'他闻闻一块油抹布的味道肚子就能饱了。'你知道他告诉我什么吗？我可以对上帝发誓，我简直不相信他说的话。"

"他说什么啦？"亨奇先生和奥康纳先生说。

"他告诉我：'都柏林市长大人派人去弄一磅排骨来做晚餐，你觉得怎么样？这算高档的生活吗？'他说。'哎哟喂！'我说。'一磅排骨，'他说，'进了市政府。''哎哟喂！'我说，'现在当官的都是些什么人哪？'"

就在此时有人敲门，一个男孩把头探进来。

"有什么事吗？"老人问。

"从黑鹰酒吧来的。"男孩边说边走进来，把一只篮子放在地上，篮子里发出瓶子碰撞的咔嗒声。

老人帮孩子把篮子里的酒瓶搬到桌子上，数了一下数目。男孩送完货把篮子拎起来，问道：

"有瓶子吗？"

"什么瓶子？"老人说。

"你不让我们先把酒喝了吗？"亨奇先生说。

"是老板让我问有没有瓶子的。"

"明天再来吧。"老人说。

"喂，孩子！"亨奇先生说，"你能到奥法雷尔那里跑一趟吗，问他借个开瓶器过来——就说是亨奇先生向他借的。告诉他我们只要用一下就好。把篮子放在那儿好了。"

男孩出去了，亨奇先生高兴地搓起手来，说道：

"呃，好吧，他毕竟没那么坏。不管怎么说，他还是说话算话的。"

"没有杯子。"老人说。

"哦，杰克，别为这种事烦恼，"亨奇先生说，"直接对着瓶子喝的人多了去了，一向这样的。"

"不管怎么说，总比没酒喝要好。"奥康纳先生说。

"他人不坏，"亨奇先生说，"只是欠了范宁一笔钱。他是好意，你知道，只不过人有点俗气。"

男孩拿着开瓶器回来了。老人打开了三瓶，然后把开瓶器还给男孩，此时亨奇先生对男孩说：

"你想喝一杯吗，孩子？"

"你不介意的话，先生。"男孩说。

老人不情愿地又开了一瓶，把它递给男孩。

"你多大了？"他问。

"十七。"男孩说。

老人没再说什么，男孩拿起瓶子说："先生，我向亨奇先生致以最崇高的敬意。"他喝光了酒，把瓶子放回桌上，用袖子擦了擦嘴。然后他拿起开瓶器，侧着身体走出门去，嘴里咕哝着一些感谢的话。

"就是这样开始的。"老人说。

"这就有了苗子。"亨奇先生说。老人把他打开的三个瓶子递给他们，三人同时喝了起来。喝过酒之后，他们都把瓶子放在壁炉架上伸手可及的地方，然后心满意足地吸了一口长长的气。

"嗯，我今天活干得不错啊。"亨奇先生停顿了一下说。

"是吗，约翰？"

"是的。在道森街，我帮他做了一两件实实在在的事情，克罗夫顿和我。就我们之间说说，你知道克罗夫顿的（当然，他是个正派人），但让他去游说根本就是白费工夫。他是个三棍子敲不出一个响屁来的人。他只是站在那里看着别人，所有的话都是我一个人说的。"

此时有两个人走进了办公室。其中一个是个大胖子，哔叽呢的蓝西服看上去有被肥满的身体撑破的危险。他有一张大脸，脸上的表情像一头小公牛，瞪着蓝眼睛，留着灰白的胡须。另一个人，更年轻，更瘦小，有一张瘦削的、刮得很干净的脸。他戴着一个高高的双领，和一顶宽边的圆顶硬礼帽。

"你好，克罗夫顿！"亨奇先生对胖子说，"说曹操……"

"老酒从哪儿来的？"年轻人问道，"难道母牛下崽了吗[1]？"

"哦，当然，莱昂斯[2]第一眼看到的总是老酒！"奥康纳先生笑着说。

"这就是你们拉票的方式吗，"莱昂斯先生说，"而克罗夫顿和我却在寒冷的风里雨里拉票？"

"哈，让你的灵魂见鬼去吧，"亨奇先生说，"我五分钟

---

[1]　母牛下崽是一句俚语，在这里意思类似"太阳从西边出来了"，指小气的蒂尔尼终于请客了。

[2]　此处的莱昂斯非常有可能是《寄宿公寓》里的班塔姆·莱昂斯。见第63页。

内拉到的选票比你们两个拉一个礼拜的都要多。"

"再开两瓶酒，杰克。"奥康纳先生说。

"我怎么开？"老人说，"没有开瓶器啊。"

"瞧我的，瞧我的！"亨奇先生说着，飞快地站起来，"你有没有见过这个小窍门？"

他从桌子上拿了两个瓶子，把它们拿到火炉旁，放在炉架上。然后他又在火炉边坐下，又喝了一口酒。莱昂斯先生坐在桌边，把帽子推向颈背，开始抖动双腿。

"哪个酒瓶是我的？"他问。

"这个，小伙子。"亨奇先生说。

克罗夫顿先生坐在一只纸板箱上，目不转睛地看着壁炉架上的另一只瓶子。他保持沉默有两个原因。第一个原因是，他没有什么可说的，其实有这个原因也就足够了；第二个原因是，他认为同伴们的地位比他低。他曾是保守党参选人威尔金斯的拉票人，但是当保守党把他撤下来，在矬子里拔大个儿，支持了一个民族党的候选人时，他就开始为蒂尔尼先生工作了。

几分钟后，只听到"噗"的一声，软木塞从莱昂斯先生的酒瓶里飞出来。莱昂斯先生从桌子上跳下来，走到火炉旁，拿起酒瓶子回到桌子边上。

"克罗夫顿，我刚刚告诉他们，"亨奇先生说，"今天我们的拉票情况相当不错。"

"你争取到谁了？"莱昂斯先生问道。

"好吧，我第一个争取到的是帕克斯，第二个是阿特金森，我还争取到了道森街的沃德^①。他也是个很好的老头子——一个老克勒，老保守党！'但你们的候选人不是一个民族党的人吗？'他问我。'他是一个受人尊敬的人，'我说，'他赞成任何对这个国家有益的事。他还是个纳税大户。'我说，'他在市里有很大的房产，还有三个商业场所，降低税率对他自己不也有利吗？他是一个杰出的、受人尊敬的市民，'我说，'一个济贫法的执行官，他不属于任何一个党派，不管是好的还是坏的，或者不好不坏的。'和他们就应该这样说。"

"那给国王的欢迎辞呢？"莱昂斯先生喝了一口酒，咂着嘴说。

"听我说，"亨奇先生说，"我对老沃德也是这么说的，我们这个国家缺少的是资金。国王到这里来就意味着会有资金涌入这个国家。都柏林市民将从中受益。你看看码头那边的每一家工厂，全都没活干！再看看我们国家总共有多少钱，如果我们要把老工业、手工作坊、造船厂和工厂都搞起来的话。我们缺少的是资金。"

"但是约翰，问题在这里，"奥康纳先生说，"我们为什么要欢迎一个英国国王呢？帕奈尔自己不是……"

"帕奈尔，"亨奇先生说，"死了。呃，我是这样看问题的。这个家伙好不容易登上了王位，因为他的老母亲^②一直让他等到头发白了才让他做了国王。他是一个见多识广的人，他

---

① Parkes、Atkinson、Ward，都是英国人名，因此非常有可能是亲英派和统一党。这种预判在爱尔兰已深入人心。

② 即维多利亚女王。

对我们是善意的。要我说，他是一个非常好的正派人，没有别的废话。他只是自言自语说：'老一辈从没有去看看那些狂野的爱尔兰人①。天哪，我要亲自去看看他们是什么样子的。'他来这里友好访问期间，难道我们好意思去羞辱他吗？对不对，克罗夫顿？"

克罗夫顿先生点了点头。

"但毕竟现在，"莱昂斯先生争辩道，"你知道，爱德华国王的私生活并不怎么……②"

"过去的就让它过去吧，"亨奇先生说，"我个人来说是很佩服这个人的。他只是一个爱看热闹的普通人，就像你我一样。他喜欢喝点烈酒，也许还有点放荡不羁，也是个很好的运动员。该死，我们爱尔兰人就不能公平一点吗？"

"你说得都没错，"里昂先生说，"但你看看帕奈尔的结局吧。"

"看在上帝的分上，"亨奇先生说，"这两件事有什么共同点吗？"

"我的意思是，"莱昂斯先生说，"我们有自己的理想。为什么我们现在要欢迎这样的人呢？在帕奈尔做出那种事以后③，你还认为他是一个领导我们的合适人选吗？同理，我们

---

① 事实上维多利亚女王曾四次访问爱尔兰，最后一次为 1900 年。本文故事设在 1902 年。

② 他是一个声名狼藉的花花公子，曾与多个情妇传出绯闻。

③ 帕奈尔的事业从 1890 年起走上了下坡路，起因是有人在法庭上控告他和一名有夫之妇有染。

为什么要为爱德华七世效劳呢？"

"今天是帕奈尔的周年纪念，"奥康纳先生说，"我们还是别吵了吧。他死了，我们现在都尊敬他——甚至连保守党都尊敬他。"他转向克罗夫顿，补充道。

噗！软木塞好不容易从克罗夫顿先生的瓶子里飞了出来。克罗夫顿先生从纸板箱上站了起来，走到炉火旁。他拿着酒瓶走回来，一边用低沉的声音说道：

"我们一方的议员都尊敬他，因为他是个正人君子。"

"你说得没错，克罗夫顿！"亨奇先生激动地说，"他是唯一一个可以把那帮东西管得服服帖帖的男人。'趴下，你们这些狗！躺下，你们这群狗杂种！'他就是这样对付他们的。进来，乔！进来！"他看到海恩斯先生在门口，就喊道。

海恩斯先生慢慢地走进来。

"再开一瓶酒，杰克，"亨奇先生说，"哦，我忘了没有开瓶器！好吧，拿一瓶给我，我去把它摆在火炉边上。"

老人又递给他一瓶酒，他把它放在壁炉架上。

"坐吧，乔，"奥康纳先生说，"我们正在议论领袖呢。"

"是啊！"亨奇先生说。

海恩斯先生在里昂先生旁边的桌子前坐下，但一言不发。

"不管怎么说，他们中有一个人，"亨奇先生说，"没有背叛他。上帝啊，我会替你说的，乔！不，天哪，你像个男子汉一样追随着他！"

"哦，乔，"奥康纳先生突然说，"把你写的东西给我们——你记得吗？你把它带来了吗？"

"哦，是啊！"亨奇先生说，"把它给我们。你听过吗，克罗夫顿？现在就听听吧：精彩绝伦。"

"来吧，"奥康纳先生说，"来朗诵一遍，乔。"

海恩斯先生似乎一下子没想起来他们指的是什么东西，但想了一会儿后，他说：

"哦，那玩意是……当然，现在它已经老掉牙了。"

"掏出来吧，伙计！"奥康纳先生说。

"嘘，嘘，"亨奇先生说，"开始吧，乔！"

海恩斯先生又犹豫了一会儿。然后在一片寂静中，他摘下帽子，放在桌子上，站了起来。他好像在排练藏在他脑子里的节目。停顿了很长时间后，他开口了：

帕奈尔之死

1891 年 10 月 6 日

他清了一两下嗓子，然后开始朗诵：

> 他死了。我们的无冕之王死了。
> 哦，爱琳①，你悲痛欲绝
> 因为他死了，倒下了，这帮恶毒的
> 现代的伪君子埋葬了他。

———————

① 即爱尔兰。

141

他被懦夫猎犬杀死了
他在泥沼里赢得了荣耀；
还有爱琳的希望和爱琳的梦
在君王的柴堆上熄灭。

在宫殿、木屋或茅舍
爱尔兰的灵魂在哪里
悲痛的灵魂——因为他不在了
她的命运会由谁来决定。

他会让爱琳出名的，
绿旗迎风招展，
她的政治家、歌手和战士
在全世界面前站起来。

他做梦了（唉，只是个梦！）
梦想自由：但当他努力
抓住那个女神，背叛
隔离了他和他所爱的。

胆小鬼们的可耻、懦弱的手
嘲笑他们的主人或亲吻着
把他出卖给一群乌合之众，
谄媚的神父——不是他的朋友。

愿永远的耻辱淹没掉
对那些人的记忆，他们竭力
玷污、败坏他的崇高威望，
可他曾激励起他们的雄心。

他像伟人一样倒下，
视死如归的贵族，
死亡使他和爱琳古代的
英雄们联系在一起。

没有争斗的声音打扰他的睡眠！
他平静地休息：没有人间的痛苦，
没有刺激着他的勃勃雄心
要达到荣耀巅峰的雄心。

他们得意了：他们推翻了他。
但是爱琳，听哪，他的灵魂
起来了，如火焰中的凤凰，
在破晓时分复活。

在我们获得自由的那一天，
在那一天，愿欢庆的爱琳
在高举酒杯开怀畅饮时，

也会去悼念帕奈尔的英灵。

海恩斯先生又坐回到桌子上。当他完成背诵后，先是一片寂静，接着是一阵掌声：就连莱昂斯先生也鼓起掌来。掌声持续了一小会儿。掌声过后，所有的听众都默默地喝了一口酒。

噗！软木塞从海恩斯先生的瓶子里飞了出来，但海恩斯先生仍然满脸通红地、光着头坐在桌子上。他似乎没有听到老酒的呼唤。

"干得漂亮，乔！"奥康纳先生说着，掏出了卷烟纸和烟草袋，以此来掩饰自己的激动。

"你觉得怎么样，克罗夫顿？"亨奇先生喊道，"难道不好吗？怎么样？"

克罗夫顿先生说这是一首写得非常好的诗。

一位母亲

爱尔兰胜利[①]协会的助理秘书霍罗汉先生，在都柏林各地奔走了近一个月，手里和口袋里塞满了脏纸片，安排着开系列音乐会的事宜。他有一条跛腿，为此他的朋友们叫他瘸子霍罗汉。他不停地四处奔波，按时去各街口与人商量相关事宜，并做好记录；但最后还是卡尼[②]太太安排好了一切。

德夫林小姐是因为赌气才成为卡尼太太的。她毕业于一家修道院的高级进修班，在那里学过法语和音乐。由于在社交礼仪方面天生的冷漠和轻视，所以她在学校里交的朋友寥寥无几。当她到了该谈婚论嫁的年龄时，父母就让她到许多人家去做客，她的演奏和清高的态度颇受赏识。她冷冰冰地坐在那里享受着

---

① Ireland to victory！（爱尔兰必胜！）一个广为人知的民族党口号，但这个协会是虚构的。

② 名字源自盖尔语"O'Catharnaigh"，"好战的"。

自己的成功，等待某个求婚者来勇敢地为她谱写一曲美好的人生。但是她遇见的那些年轻人都很普通，而且她也没有暗示他们，于是她只得偷偷地吃了好多土耳其拌砂糖，以此来安慰自己的浪漫心愿。然而，当她已接近老姑娘的边缘，而且朋友们也开始对她嚼起了舌头，她就嫁给了奥蒙德码头上的鞋匠卡尼先生，让朋友们无话可说。

　　他比她大得多。他说起话来总是很严肃，还时有停顿，他有一把棕色的大胡子。婚后过了一年，卡尼太太觉得这样的男人要比一个浪漫的人受用得多，但她从来也没有放弃自己的浪漫念头。他严肃、节俭、虔诚；他每个月的第一个星期五总要去教堂，有时和她一起去，但通常都是他一个人去。但她的宗教信仰一点也没有淡化，而且她是个好妻子。在陌生人家里参加派对时，只要她眉毛往上微微一扬，他就会立刻起身告辞，当他咳得难受时，她会把鸭绒被盖在他脚上，并给他冲一杯烈性的朗姆潘趣酒。在他这一方面来说，他是个模范父亲。他每周向某个机构缴纳一点钱，以此确保了两个女儿在到了二十四岁时每人可以得到一百英镑的嫁妆。他让大女儿凯瑟琳去了一个很好的修道院，她在那里学习法语和音乐，后来又为她交了皇家音乐学院的学费。每年七月，卡尼太太都会找机会对朋友们说：

　　"我的好男人要带我们去斯凯里斯住几个星期。"

　　不是去斯凯里斯，就是去豪斯或格雷斯通 ①。

---

① 全都是都柏林附近的海滨度假胜地。

当爱尔兰复兴运动①成为一种潮流时，卡尼太太决心利用她女儿的名字②，在家里请了一位爱尔兰老师。凯瑟琳和她妹妹给她们的朋友们寄了一些爱尔兰风景明信片，这些朋友也给她们回寄了一些爱尔兰风景明信片。每逢那些特定的星期天，卡尼先生和他的家人会去天主教堂，做完弥撒后会有一小群人聚集在教堂大街的拐角处。他们都是卡尼家的朋友——音乐朋友或民族主义的朋友；聊完所有的八卦后，他们全都会相互握手，那时他们会对穿过来插过去的无数只手哈哈大笑，最后用爱尔兰语说再见。不久，凯瑟琳·卡尼小姐的名字就经常从人们的嘴里听到。人们说她在音乐方面极为聪颖，说她是个好姑娘，而且，她还是语言运动的拥护者③。卡尼太太对此非常满意。因此，当有一天霍罗汉先生对她提议，让她女儿在他们协会即将在古典音乐厅举办的四场大型音乐会上担任伴奏，她一点没觉得惊讶。她把他领进客厅，让他坐下，拿出了酒瓶和银色的饼干桶。她全身心地投入这场洽谈中，提出了一些建议，也劝阻了一些提议；最后双方签订了一份合同，根据合同，作为四场大型音乐会的伴奏，凯瑟琳将得到八个畿尼④的报酬。

由于霍罗汉先生对诸如海报文案、安排节目单之类微妙的

---

① 1890 年代开始的盖尔语复兴，旨在弘扬爱尔兰的文化遗产，其中包括将盖尔语作为爱尔兰岛的官方语言来使用，摒弃英语。

② 霍罗汉的凯瑟琳在爱尔兰传统中是女英雄的代名词，叶芝曾在 1902 年创作了诗剧《霍罗汉的凯瑟琳》。

③ 1893 年由道格拉斯·海德发起的运动，倡议在凯尔特联盟中使用爱尔兰语。

④ 一畿尼相当于二十一先令，八畿尼约合四英镑六便士。

琐事完全不在行，卡尼太太决定提供帮助。她很老练。她知道哪些艺术家的名字应该用大号字体，哪些用小号。她知道首席男高音不会愿意在米德先生的喜剧表演之后出场。为了确保观众们的持续热情，她把一些不确定是否会受欢迎的节目安排在受欢迎的老节目之间。霍罗汉先生每天都登门请教，征求她对某个问题的意见。她总是很友好，总是给出一些建议——实际上，都是些普通的建议。她把酒瓶推到他面前，说：

"您请自便吧，霍罗汉先生！"

当他自便的时候，她说：

"别担心！别担心这点小事！"

一切都进展顺利。卡尼太太在布朗·托马斯布店买了一些可爱的艳红色花边，镶在凯瑟琳的连衣裙的前襟上。买花边花了好几个便士，但有时候花一点钱还是合适的。她买了一打最后一场音乐会的两先令票子，送给那些没有赠票就不一定会去看的朋友。她考虑得非常周到，多亏了她，该做的事情一件都没有落下。

四场音乐会分别在星期三、星期四、星期五和星期六举行。卡尼太太在星期三晚上带着女儿来到古典音乐厅，但她不喜欢那里的气氛。一些年轻人在外套上别着亮蓝色的徽章，无所事事地站在前厅里；他们没有一个穿晚礼服的。她和女儿走过那里，从大厅敞开的门口匆匆地往里瞥了一眼，就看出那是因为引座员偷懒的缘故。起初她以为自己搞错了时间。但没错，现在是七点四十分。

在舞台后面的化妆间里，她被介绍给了协会秘书菲茨帕特里克先生。她微笑着和他握手。他是个矮小的人，有一张苍白的、呆板的脸。她注意到他头上随意地歪戴着一顶棕色软帽，他的发音缺乏抑扬顿挫。他手里拿着一张节目单，在和她说话时，他把节目单的一头嚼成了潮湿的纸浆。他似乎对这种令人失望的局面不怎么在意。霍罗汉先生每隔几分钟就会走进化妆间，来报告票房情况。演员们紧张地交谈着，不时地瞥一眼镜子，时而打开、时而合上他们的乐谱。时间接近八点半，音乐厅里稀稀拉拉的观众开始表达出他们已等得不耐烦了。菲茨帕特里克先生走进来，对着化妆间茫然地笑了笑，然后说：

"好了，女士们先生们，我想我们最好开场了。"

卡尼太太用一个迅速的、鄙视的瞪视回应他那平淡的最后一个音节，然后鼓励地对她女儿说道：

"准备好了吗，亲爱的？"

当她找到机会时，就把霍罗汉先生叫到一边，让他解释怎么会这样。霍罗汉先生也搞不懂。他只说协会安排了四场音乐会是个错误：四场太多了。

"还有那些演员们！"卡尼太太说，"他们当然很卖力，但他们真的不怎么优秀。"

霍罗汉先生承认这批演员不是很优秀，但他说，协会已经决定让前三场音乐会顺其自然地举行，把所有的名演员都留到周六晚上。卡尼太太没说什么，但是，当平庸的节目在舞台上一个接一个上演，音乐厅里的听众也越来越少了，她开始后悔她为这样一场音乐会费心劳神。她看不惯一些事情，菲茨帕特里克茫然的微笑也使她非常恼火。不过，她什么也没说，只是等着看音乐会如何收场。音乐会在十点前结束了，大家全都急急忙忙地回了家。

　　来听星期四晚上的音乐会的人更多一些，但卡尼太太一眼就看出听众都是拿赠票的。他们的表现很不文明，好像这场音乐会是一次非正式的彩排。菲茨帕特里克先生似乎乐在其中；他完全没有意识到卡尼太太对他的表现极为不满。他站在帷幕边上，不时探出头来，和坐在包厢角落里的两个朋友相视而笑。就在那天晚上，卡尼太太得知星期五的音乐会将被取消，协会准备集中精力把星期六晚上的音乐会搞个满堂红。她听到这个消息后，立即去找霍罗汉先生。他正一瘸一拐地拿着一杯柠檬汁去给一位年轻女士，太太一把拦住他，问他这消息是不是真的。没错，是真的。

　　"但是，当然啰，这不会改变合同内容吧，"她说，"合同上写着四场音乐会。"

　　霍罗汉先生似乎很忙，他建议她去和菲茨帕特里克先生谈一谈。卡尼太太此时开始警惕起来。她把菲茨帕特里克先生从帷幕边上拉走，告诉他她的女儿签的合同是四场音乐会，当然，根据合同条款，她应该获得最初约定的报酬，不管协会是否举办了四场音乐会。菲茨帕特里克先生一开始没有理解问题的核心在哪里，似乎也没法解决这个难题，他说他将把这件事提交委员会讨论。卡尼太太的怒火开始在她的脸上燃烧，她竭尽全力克制，才没有问出：

　　"请问，您所谓的魏员会①是谁？"

---

①　菲茨帕特里克先生的发音不准确，卡尼太太想模仿他的发音来讽刺他。前者错误地将"committee"发成了"cometty"。

但她知道那样问有失体统，所以她保持沉默。

星期五一早，几个小男孩拿着一沓沓的广告单被派到都柏林的主要街道。所有的晚报上都大吹大擂，提醒热爱音乐的民众明晚将有一场音乐盛宴等着他们。卡尼太太有点放心了，但她还是想把她的一些顾虑告诉她丈夫。他仔细地听着，并说也许最好他周六晚上陪她一起去。她同意了。她尊重丈夫就像尊重邮政总局一样，因为她丈夫也是一件巨大的、可靠的、固定的东西；尽管她知道丈夫的才能屈指可数，但依然欣赏他作为男性的抽象价值。她很高兴他能提出陪她一起去。她重新考虑了一下她的计划。

盛大的音乐会之夜终于到了。卡尼太太，还有她的丈夫和女儿，在音乐会开始前三刻钟来到了古典音乐厅。不幸的是，那是一个雨夜。卡尼太太把女儿的衣服和乐谱交给她丈夫保管，自己去四处寻找霍罗汉先生和菲茨帕特里克先生。她一个也没找到。她问工作人员音乐厅里是否有协会的成员，一名工作人员费了好大的劲才找来了一个叫贝恩小姐的矮女人，卡尼太太解释说她想见协会的随便哪个干事。贝恩小姐说他们马上就到，还问她有什么可以效劳的。卡尼太太仔细地观察着那张拼命装出一副可靠和热心神情的老脸，回答说：

"不用了，谢谢您！"

矮女人希望今晚的上座率能好一些。她看着外面的雨，直到湿漉漉的街道的忧郁气氛把她那张皱巴巴的老脸上的可靠和热心全部抹去。然后她轻轻地叹一口气，说道：

"呃，好吧！我们已经尽力了，上帝知道。"

卡尼太太不得不回到化妆间。

演员们陆陆续续地进来。男低音和第二男高音已经到了。男低音达根先生，是个身材苗条的小伙子，留着稀稀拉拉的黑胡茬。他是市内某个事务所的门卫的儿子，小时候，他曾在那个有回声的门厅里演唱过长低音。他从这种卑贱的出身起家，直到成为一流的艺术家。他曾出演大型歌剧。一天晚上，有个歌剧演员病了，于是他就在皇后剧院上演的歌剧《玛丽塔娜》[①]中扮演了国王一角。他以饱满的感情和歌喉投入演唱，受到了顶层包厢里观众的激赏；但不幸的是，他有一两次漫不经心地用戴着手套的手去擦了擦鼻子，就此破坏了他给观众们留下的美好形象。他没有音乐家的架子，话不多。他用乡音说"您"时声音太轻，别人往往听不清，他为了保养嗓子从来没有喝过比牛奶更浓的东西。第二男高音贝尔先生是个金发的小个子，每年都参加费斯·希尔音乐节[②]的歌唱比赛。第四次参赛时，他摘得了一枚铜牌。他极度紧张，对别的男高音极其嫉妒，他以热情洋溢的友好态度来掩饰自己的紧张与嫉妒。他喜欢让人知道参加一场音乐会对他来说是一种多大的磨难。于是，当他看到达根先生时，就走过去问道：

"您也来参加啦？"

"是啊。"达根先生说。

贝尔先生对这个同病相怜者笑了笑，伸出手来说：

---

① 爱尔兰作曲家威廉·文森特·华莱士（William Vincent Wallace, 1812—1865）创作的著名歌剧。

② 每年举办一次的爱尔兰民间音乐节。

"握一把！"

卡尼太太经过这两个年轻人，走到帷幕边上观察观众席上的情况。座位很快就坐满了，音乐厅里散播着欢乐的喧嚣。她走回去，和她丈夫私下里交谈。他们的谈话显然是关于凯瑟琳的，因为他们俩会不时地朝她瞥一眼，那时她正站在那里和一个民族主义者的朋友、女低音希利小姐聊天。一个脸色苍白的陌生女人走进化妆间。这个女人有一双锐利的眼睛，颜色比伸展在她瘦弱的身体上的蓝色连衣裙更深。有人说她是女高音歌唱家格林夫人。

"我不知道他们从哪儿把她挖来的。"凯瑟琳对希利小姐说，"我肯定从来也没听说过她。"

希利小姐勉强地微微一笑。霍罗汉先生一瘸一拐地走进化妆间，两位年轻小姐随即问他那个陌生女人是谁。霍罗汉先生说她是来自伦敦的格林夫人。格林夫人站在化妆间的一角，僵硬地握着一卷乐谱的双手往前伸展着，惊讶的目光不时地转来转去。阴影遮住了她那件褪了色的裙子，但不幸的是没能遮住她锁骨后面的小凹陷。音乐厅里的喧闹声越来越响了。首席男高音和男中音一起到了。他们都衣着考究，膀大腰圆，得意扬扬，而且给这群人带来了一丝富贵的气息。

卡尼太太把女儿带到他们面前，和他们亲切地交谈。她想和他们搞好关系，但是，在她竭力表现出礼貌的同时，她的眼睛却一直追随着步履蹒跚的霍罗汉先生。她一找到脱身的机会就走到他那里。

她说："霍罗汉先生，我想和你谈一会儿。"

　　他们走到走廊上一个僻静的角落。卡尼太太问，她女儿什么时候能拿到报酬。霍罗汉先生说这个事情是菲茨帕特里克先生负责的。卡尼太太说她对菲茨帕特里克先生一点都不了解。她女儿签了一份八个畿尼收入的合同，她就该拿到钱。霍罗汉先生说这事和他无关。

　　"为什么不关你的事？"卡尼太太问，"不是你亲自把合同交给她的吗？不管怎么说，就算这事和你无关，但总归和我有关吧，我会管到底的。"

　　"你最好去和菲茨帕特里克先生谈谈。"霍罗汉先生冷淡地说。

　　"我对菲茨帕特里克先生一点都不了解，"卡尼太太重复道，"我手上有合同，我要确保它得到履行。"

　　回到化妆间，她的脸颊微微泛红。化妆间里很热闹。两个穿着便服的男人占着壁炉那块地方，和希利小姐、那位男中音起劲儿地聊着。他们是《弗里曼日报》的记者和奥马登·伯克先生。《弗里曼日报》的记者到化妆间来是为了和他们打声招呼，因为他等不及音乐会开场了，他必须去报道一位美国牧师在市政厅做的一场演讲。他说他们会把报道放在《弗里曼日报》的编辑室里，他负责发稿。他是一个白发苍苍的人，善于花言巧语，举止小心翼翼。他手里拿着一支熄灭的雪茄，雪茄烟的香味飘浮在他的周围。他本来就不想留下来，因为音乐会和演员们使他相当厌烦，但他仍然靠着壁炉台。希利小姐站在他面前，说说笑笑。他的年纪足够大，能猜出她这么彬彬有礼的一个原因，但在精神上他又足够年轻，可以好好地享受这一刻。她身上的温暖、香味和颜色无不引得他心猿意马。他愉快地意识到，她的胸部在他的眼皮底下慢慢地起伏，在那一刻是为着他而起伏的，她的笑声、香味、秋波是献给他的贡品。到他不得不离开时，他是带着遗憾离开她的。

"奥马登·伯克会写报道的，"他对霍罗汉先生解释道，"我会安排发稿的。"

"非常感谢您，亨德里克先生，"霍罗汉先生说，"您会发稿的，我知道。好了，你走之前不来点什么吗？"

"好啊。"亨德里克先生说。

两个人沿着一些弯弯曲曲的走道上了一个黑暗的楼梯，来到了一个僻静的房间，里面有一个服务员正在为几位绅士开酒瓶。其中一位绅士是奥马登·伯克先生，他凭直觉找到了这个房间。他是个温文尔雅的老人，仪表堂堂，挂着一把银色的大洋伞。他那个花里胡哨的西部人的名字是一把道德的洋伞，他靠着它获得了财政上的微妙平衡。他广受人尊敬。

当霍罗汉先生在招待《弗里曼日报》的记者时，卡尼太太在激动地对她丈夫说话，他只好叫她说得轻一点。化妆间里其他人的谈话变得拘谨起来。第一个上场的贝尔先生已经准备好了，但他的音乐伴奏一点也没有要上场的意思。显然是出了什么事。卡尼先生直直地看着前方，摸着胡子，而卡尼太太则在轻声地对凯瑟琳耳语。音乐厅里传来躁动的声音，鼓掌声和跺脚声。首席男高音、男中音和希利小姐站在一起，平静地等待着，但贝尔先生的神经相当紧张，因为他担心观众会认为是他误了场。

霍罗汉先生和奥马登·伯克先生走进化妆间。霍罗汉先生立即觉察到房间里的寂静。他走到卡尼太太跟前，热切地和她交谈起来。他们说话时，音乐厅里的喧哗声越来越响了。霍罗汉先生满脸通红，异常兴奋。他滔滔不绝地说着，卡尼太太只是偶尔简短地插两句：

"她不演了，除非拿到那八个畿尼。"

霍罗汉先生绝望地指着观众席，观众们在拍手、跺脚。他在向卡尼先生和凯瑟琳求情。但卡尼先生继续摸他的胡子，凯瑟琳低着头，微微转动她那双新鞋的鞋尖：这不是她的错。卡尼太太重复道：

"拿不到钱，她是绝不会演的。"

一番激烈的舌战后，霍罗汉先生急匆匆地一瘸一拐地走了出去。化妆间里一片寂静。当沉默的气氛变得有点受不了时，希利小姐对男中音说：

"你这周见过帕特·坎贝尔夫人 ① 吗？"

男中音说没有见过，但他听说她很好。谈话就此结束。首席男高音低着头，开始数起他那条金腰带上的链子，微笑着，随意地哼着小曲，以此来检查他的鼻前窦功能是否正常。时不时地，每个人都会朝卡尼太太瞄上一眼。

当观众席上的喧闹声达到顶峰时，菲茨帕特里克先生冲进了化妆间，后面跟着气喘吁吁的霍罗汉先生。音乐厅里的掌声和跺脚声不时地被口哨声打断。菲茨帕特里克先生手里拿着几

---

① 帕特·坎贝尔（Patrick Campbell, 1865—1940），英国著名女演员。

张钞票。他数了四张交到卡尼太太的手里，并说她会在幕间休息时拿到剩下的一半。卡尼太太说：

"还少了四先令。"

但是凯瑟琳拎起裙摆，说道："上场吧，贝尔先生。"贝尔先生抖得像一棵白杨树。歌手和伴奏者一起上台了。观众席上的喧嚣静下来。数秒的停顿之后，钢琴的声音响了起来。

除了格林夫人的表演外，音乐会的上半场都非常成功。这位可怜的女士用一种空洞的、喘息的声音演唱《基拉尼》，用的全都是老式的发音吐字法，她相信这种唱法听上去更为优雅。她看上去像是从剧院的旧衣柜里活过来的人，坐在便宜座位上的观众们直接就取笑起她那高亢的哀号。不管怎么说，首席男高音和女低音都取得了满堂红。凯瑟琳演奏了一组爱尔兰选曲，收获了大量的掌声。上半场以一首激动人心的爱国主义的诗朗诵告终，朗诵者是一位安排业余演出事宜的年轻女士。她的朗诵赢得掌声是当之无愧的；上半场结束，幕间休息，观众们满意地离开座位。

整个幕间休息期间，化妆间里热闹得像个蜂窝。霍罗汉先生，菲茨帕特里克先生，贝恩小姐，两个工作人员，男中音和男低音，奥马登·伯克先生在化妆间的一角。奥马登·伯克先生说这是他见过的最丢脸的演出。凯瑟琳·卡尼小姐在都柏林的音乐生涯在这场音乐会后就将结束，他说。有人问男中音对卡尼太太的行为有何看法。他什么也不想说。他拿到了报酬，他只想和大家和平共处。不过，他说卡尼太太也应该为别的演员们想想。工作人员和秘书激烈地讨论着幕间休息结束后该怎么办。

"我同意贝恩小姐的看法,"奥马登·伯克先生说,"一分钱也不给她。"

卡尼太太和她的丈夫贝尔先生,希利小姐和那位朗诵爱国诗的年轻女士在化妆间的另一角。卡尼太太说协会这样对她真是可耻。她不怕麻烦、不计成本地大力协助,到头来得到的却是这样的报答。

他们以为要对付的只是一个小姑娘,所以他们可以横行霸道。但她会让他们知道他们打错了算盘。如果她是个男的,他们就不敢那样对待她了。但她会确保她女儿得到应有的权利;他们糊弄不了她。哪怕他们少付一个子儿,她都会把都柏林闹个天翻地覆。对于演员们她当然很抱歉,但她还能怎么做呢?她向第二男高音诉苦,他说他认为她受到的待遇是不公的。然后,她又向希利小姐诉苦。希利小姐想加入另一个阵营,但她又不能这么做,因为她和凯瑟琳是好朋友,而且卡尼夫妇经常请她去他们家做客。

上半场刚一结束,菲茨帕特里克先生和霍罗汉先生就去找了卡尼太太,告诉她剩下的四个畿尼将在下周二的委员会会议后支付,如果她女儿因此拒演下半场的话,委员会就会考虑把合同作废,一分钱也不付。

"我没见过什么委员会,"卡尼太太生气地说,"我女儿有合同。她必须拿到四英镑八便士,不然她一只脚也不会踏上舞台的。"

"你让我感到吃惊,卡尼太太,"霍罗汉先生说,"我从来没想到你会这样对待我们。"

"那你们是怎样对待我的呢？"卡尼太太问。

她满脸怒容，看上去好像要动手打人。

"我是在要求我的权利。"她说。

"你的做法应该更体面一点。"霍罗汉先生说。

"体面，是吗？……可我问我女儿什么时候能拿到钱，我得到的回答并不体面呀。"

她甩甩头，用一种虚张声势的口吻说：

"你应该和秘书谈。这不是我的事情。巴拉巴拉巴拉……^①"

"我还以为你是个可敬的女士呢。"霍罗汉先生说着，急忙从她身边走开了。

在那之后，卡尼太太的行为受到了所有人的谴责：大家全都赞成委员会的做法。她站在门口，暴跳如雷，和丈夫、女儿争论着，激动得手舞足蹈。她一直等到下半场开场，因为她希望秘书会来找她。但是希利小姐好心地答应了为一两首歌曲伴奏。卡尼太太不得不让到一旁，让男中音和他的伴奏登上舞台。她一动不动地站了一会儿，像一尊愤怒的石像，当这首歌的第一个音符飘入她的耳朵，她一把抓起女儿的披肩，对丈夫说：

"去叫出租！"

他立刻出去了。卡尼太太把披肩裹在女儿身上，跟着他往外面走。走过门口时，她停下来，瞪着霍罗汉先生的脸。

---

① 原文为"I'm a great fellow fol-the-diddle-I-do"，这是一句歌词中常见的无意义的话。卡尼太太以此表现出轻蔑。

"我和你还没完呢。"她说。

"但我和你已经完了。"霍罗汉先生说。

凯瑟琳温顺地跟着她母亲。霍罗汉先生在化妆间里踱起步来，为了使自己冷静下来，因为他觉得自己的脸皮已经烧起来了。

"多棒的女士啊！"他说，"哦，她真是个女士！"

"你做得对，霍罗汉。"奥马登·伯克先生拄着洋伞，赞同地说道。

恩典

当时在厕所里的两位绅士想把他扶起来，但他就是站不起来。他蜷缩着身子躺在楼梯脚下，他是从楼梯上摔下来的。他们成功地把他翻了个身。他的帽子滚到了几码开外，衣服上沾满了地上的垃圾和唾沫，脸朝下。他闭着眼睛，呼吸发出咕噜咕噜的声音。一道细细的鲜血从他的嘴角处淌下来。

这两位先生和一位侍者把他抬上楼，然后把他放倒在酒吧的地板上。两分钟后，一群男人围了上来。酒吧经理问他们，这个人是谁，谁和他一起的。没人知道他是谁，只有一个侍者说是他给这位先生端了一小杯朗姆酒。

"他是一个人来的吗？"经理问。

"不，先生。有两位先生和他一起的。"

"他们在哪里呢？"

没有人知道；一个声音说：

"让他透透气。他昏过去了。"

围观者的圈子散开，然后又自然地合拢了。在那人脑袋周围的格子地板上出现了一摊黑色的血迹。经理被那人煞白的脸色吓坏了，派人去叫警察。

他的衣领敞开了，领带解下来了。他微微睁开眼睛，叹了口气，然后又闭上了。把他抬上楼的两个先生中的一个，手里拿着一顶中央凹陷的礼帽。经理反复询问，有人知道受伤的人是谁吗，他的朋友们到哪里去了。酒吧的门开了，一个大块头的警察走了进来。跟着警察从走道过来的人群围在门外，透过玻璃墙拼命地往里面瞧。

经理立即开始讲述他知道的事。警察，一个脸色凝重的年轻人，听着。他的脑袋慢慢地左右移动，从经理转到躺在地上的人，好像他担心经理在骗他似的。然后他摘下手套，从腰间拿出一本小本子，舔了舔铅笔头，准备做记录。他用乡下口音怀疑地问道：

"他是谁？他的名字和地址？"

一个穿着骑行服的年轻人从旁观者中挤进来。他立即跪在受伤的人旁边，叫人拿点水来。警察也蹲下来帮忙。那个年轻人把伤者嘴角的血迹擦干净，然后要一些白兰地。警察用威严的声音把这个要求重复了一遍，直到侍者拿着杯子跑过来。白兰地被灌进了那个人的喉咙。几秒钟后，他睁开眼睛环顾四周。他看着围住他的一张张脸，然后明白过来，拼命想站起来。

"你现在没事了吗？"穿着骑行服的年轻人问。

"当然，没事。"受伤的人说着，试图站起来。

别人把他扶起来。经理说该去医院，有几个旁观者也帮着出主意。有人把那顶破烂的礼帽戴在了那人的头上。警察问：

"你住在哪里？"

那人没有回答，开始捻起了他的胡子尖。他对这起事故满不在乎。没什么，他说，只是一件小小的意外。他的嗓门很粗。

"你住在哪里？"警察又问了一遍。

那人让他们给他叫辆出租车。在他们商量此事的时候，一位身材高大、动作敏捷、肤色白净的绅士，穿一件黄色的长外套，从酒吧的另一头走过来。看到这场景，他喊道：

"喂，汤姆，老兄！出什么事啦？"

"嗯，没什么。"那人说。

新来的人审视着在他面前的这个可怜人，然后转过身来对警察说：

"没关系，警官。我会送他回家的。"

警察摸了摸他的头盔，回答说：

"好吧，鲍尔先生！"

"走吧，汤姆，"鲍尔先生挽着他的朋友说，"没有骨折吧。怎么样？能走吗？"

穿骑行服的年轻人抓住了那个人的另一只胳膊，人群散开来。

"你怎么把自己弄得这么狼狈？"鲍尔先生问道。

"这位先生是从楼梯上摔下来的。"年轻人说。

"我——常——谢你，先生。"① 受伤的人说。

① 我非常感谢你，此人舌头受了伤，所以口齿不清。

"不客气。"

"我们——要不——来一杯……？"

"现在不要。现在不要。"

三个人离开酒吧，人群从门口挤入走道。经理把警察带到楼梯口，检查事故现场。他们一致认为，那位先生是失足跌下去的。顾客们回到柜台，一名侍者在着手清除地板上的血迹。

当他们走到格拉夫顿街时，鲍尔先生吹口哨叫了一辆双轮马车。受伤者鼓足力气再次说道：

"我……常……谢你，先生。我希望我们以后能……再……见面。我的……名……字……叫克南。"

惊惶和刚开始的疼痛感使他清醒了一点。

"别记在心上。"年轻人说。

他们握手。克南先生被挽上了马车，鲍尔先生在告诉车夫要去哪里。克南先生对那个年轻人表示感谢，并对他们不能一起喝一杯表示遗憾。

"下次吧。"年轻人说。

马车驶向西摩兰街。当它经过压舱局时，那里的时钟显示是九点半。从河口吹来一阵刺骨的东风。克南先生冷得缩成一团。他的朋友问他事故是怎么发生的。

"我……说……不了，"他回答说，"我的……舌头……碎了。"

"给我看看。"

鲍尔先生向车轴筒侧过身去，往克南先生的嘴里看，但啥也看不见。他划了根火柴，用手护住火苗，再次看克南先生的嘴巴，克南先生听话地张开嘴巴。马车的摇晃使火柴在张开的嘴巴周围移动。下牙和牙床上有凝固的血块，有一小块舌头似乎被咬掉了。火柴熄灭了。

"真糟糕。"鲍尔先生说。

"嗯，没什么。"克南先生说着，合上嘴巴，把那件脏兮兮的大衣的领子翻上去护住脖子。

克南先生是一位老派的旅行推销员，他相信干这一行外表一定要体面。他不戴一顶体面的礼帽，不穿一双高筒靴，就绝不会到市里去。有了这两件法宝，他说，你就可以无往而不胜。他们这一行的拿破仑，伟大的布莱克怀特①，他时常会怀念起这位伟人，讲述他的传奇，模仿他的言行。现代的商业方式使他落魄得只剩下在克劳街的一间小办公室，办公室的百叶窗上写着公司名和地址——伦敦东区中心。在这间小办公室的壁炉架上，摆着一小排铅罐子，窗前的桌子上摆着四五个瓷碗，里面一般盛着半碗黑色的液体。克南先生就用这些碗喝茶。他喝一口，停下来，含在嘴里，然后把它吐进壁炉里。然后他回味一下，判断出茶质的优劣。

鲍尔先生是一个比他年轻许多的人，在都柏林城堡的爱尔兰皇家警察局工作。他社会地位的上升曲线和他朋友的下降曲线是交叉的，但克南先生的每况愈下显得并不那么明显，因为在他最成功的时候结识的一些朋友仍然当他是个人物。鲍尔先生就是这些朋友之一。他那些莫名其妙的债务在他的朋友圈里成了笑柄；他是个快活的年轻人。

---

① Blackwhite，乔伊斯杜撰的一个伟大的推销员。

马车在格拉斯内文路上的一所小房子前停了下来，克南先生被扶进了屋子。他妻子把他放到床上，鲍尔先生则坐在楼下的厨房里，问孩子们在哪里上学、念到哪本书了。孩子们——两个女孩和一个男孩——知道父亲躺倒了，而且母亲又不在，便开始跟他胡闹起来。他对他们的放肆和粗鲁的口音甚是惊讶，他皱起了眉头。过了一会儿，克南太太走进厨房，喊道：

"真丢人现眼！哦，他总有一天会毁了自己，到时候就没戏唱了。他从星期五开始就一直在喝酒。"

鲍尔先生小心翼翼地向她解释自己没有责任，他来到出事现场纯属巧合。克南夫人想起夫妻吵架时鲍尔先生常来好心地劝架，还经常及时地借钱给他们，尽管数额不大。她说：

"哦，你不用告诉我，鲍尔先生。我知道你是他的朋友，不像他身边的那帮家伙。只要他口袋里有钱，他们就会和他好，整天带他在外面鬼混，不回家。真是酒肉朋友！我想知道他今晚和谁在一起？"

鲍尔先生摇摇头，但什么也没说。

"很抱歉，"她接着说，"家里没什么东西可以招待你的。但如果你能稍等片刻，我这就叫孩子们去街角的福格蒂商店跑一趟。"

鲍尔先生站了起来。

"我们在等他拿钱回家。他似乎从来也没有想过，他还有一个家呢。"

"哦，算了，克南太太，"鲍尔先生说，"我们会劝他改过自新的。我去跟马丁谈谈。他会有办法的。我们哪天晚上过来，再好好谈谈。"

她把他送到门口。车夫在小道上来回踱步，挥舞着双臂，以此来取暖。

"你真是个好人，把他送回来。"她说。

"没什么的。"鲍尔先生说。

他爬上马车。马车出发时，他高兴地对她脱帽致意。

"我们要教他重新做人，"他说。"晚安，克南太太。"

克南太太困惑的目光跟随着马车，直到看不见为止。然后她转身进了屋子，把丈夫口袋里的东西统统掏出来。

她是一个积极、务实的中年妇女。不久前，夫妻俩刚过了银婚纪念，在鲍尔先生的伴奏下，她和丈夫跳了华尔兹，重温了夫妻间的亲密感情。谈恋爱时，她觉得克南先生不是一个没有男子气概的人。每当听到有人结婚，她都会急匆匆地跑到教堂门口去看新婚夫妇。她非常愉快地回忆起从桑迪蒙特的海星教堂里出来，挽着一个快活的、身强力壮的男人的胳膊，男人穿着潇洒的长礼服、淡紫色的裤子，另一只胳膊里夹着一顶软礼帽。三个星期后，她发现婚后的生活十分无聊，后来，当她开始觉得无法忍受的时候，却成了母亲。做母亲没有给她带来任何无法克服的困难，二十五年来，她为丈夫精明地持家。她的两个大儿子已经独立谋生。一个在格拉斯哥的布帘店，另一个是贝尔法斯特一家茶叶店里的伙计。他们都是孝顺儿子，经常写信，有时还寄钱回家。另外几个孩子还在上学。

克南先生第二天给事务所寄去一封信，之后就一直躺在床上。她给他泡牛肉茶，还狠狠地骂了他一顿。她接受了他酗酒的习惯，就像接受坏天气一样，每当他生病，她总是尽心尽力地照顾他，还总是设法让他吃早餐。还有比他更糟的丈夫呢。孩子们长大后，他就再也没有动过粗，她知道即便是为家里订购一件小商品，他也会走遍整条托马斯街。

两天后的晚上，他的朋友们来看他了。她把他们带到楼上他的卧室里，让他们坐在壁炉边上。空气中弥漫着克南先生的气味。白天，克南先生的舌头偶尔觉得刺痛，这会使他有点烦躁，但现在是晚上，他说话就比较礼貌了。他背靠着枕头坐在床上，浮肿的脸颊上泛出血色，看上去就像热煤渣。他为房间的凌乱向客人道歉，但同时又用一种带着点老资格的骄傲目光看着他们。

他完全不知道自己即将落入一个别人为他设计好的圈套，他的朋友们——坎宁安先生、麦考伊先生和鲍尔先生在客厅里向克南太太透露了这个圈套。这个主意是鲍尔先生想出来的，但具体实施则交给了坎宁安先生。克南先生是新教徒世家出身，尽管他在婚后转信了天主教，但已经有二十年没去过教堂了，是个化外之民。此外，他还喜欢发表质疑天主教的言论。

坎宁安先生是处理这种事情的绝佳人选。他是鲍尔先生的老同事。他自己的家庭生活不太幸福。大家都很同情他，因为众所周知他娶了一个不可救药的酒鬼。他为她翻修了六次住房；每次她都以他的名义把家具当掉。

每个人都尊敬可怜的马丁·坎宁安。他是一个极其明智的人，有影响力，有见识。他对人情世故了如指掌，与治安法庭长期的接触更锤炼了他天生的机敏，经过在处世哲学的海洋里短暂地浸润，他就更为机智灵活了。他是个消息灵通人士。他的朋友们佩服他的想法，觉得他的脸就像莎士比亚。克南太太了解了他们的计划后，说道：

"一切都听您的，坎宁安先生。"

经历了四分之一世纪的婚姻生活后，她几乎已没有任何幻想。宗教对她来说是一种习惯，她估计像她丈夫这种年纪的男人，到死都不会再有多大的变化了。她是想从他的事故中看出一种奇怪的天意，但是她不想显得心胸狭窄，她会告诉先生们，克南先生的舌头不会因为受伤而受多少影响的。不管怎么说，坎宁安先生是一个能干的人；他认为宗教就是宗教。这个计划可能会奏效，至少，不会有什么坏处。她的信仰并不奢侈。她坚信圣心礼是所有天主教礼拜仪式中最普遍、有用的，她也赞同圣餐礼。她的信仰受到了家庭的束缚，不过，要是形势所迫，她也会去相信女巫①和圣灵的。

先生们开始谈论那起事故。坎宁安先生说他知道一件类似的事情。一个七十岁的男人在癫痫发作时咬掉了自己的一小块舌头，后来舌头又自己长好了，一点看不出咬掉过的痕迹。

"好吧，我还不到七十岁。"病人说。

"阿门。"坎宁安先生说。

"现在不痛了吗？"麦考伊先生问道。

麦考伊先生曾经是一位有名气的男高音歌唱家。他的妻子曾是一名女高音，至今仍在以微薄的报酬教小孩子弹钢琴。麦

---

① 女巫的原文是 banshee，爱尔兰传说中的女鬼，其哭声预示了死亡。

考伊先生的人生道路并不平坦，在一段短暂的时期里，他不得不以自己的智慧谋生。他曾是米德兰铁路公司的职员，为《爱尔兰时报》和《弗里曼日报》[①]的广告栏做过推销，一家煤炭公司委托的旅行推销员，一家私人企业的调查员，一个副郡长办公室的职员，最近他又成了市里法医处的秘书。这个新职务使他对克南先生的事产生了一种职业上的兴趣。

"痛？不是很痛，"克南先生回答，"但是很恶心。我感觉像是要呕出来一样。"

坎宁安先生坚定地说："那是宿醉的关系。"

"不，"克南先生说，"我想是在马车上着了凉。喉咙里老有东西往上涌，痰，或者是……"

"黏液。"麦考伊先生说。

"它像是一直在从我的喉咙深处冒出来；真恶心。"

"是的，是的，"麦考伊先生说，"是从胸腔里冒出来的。"

他用一种挑衅的眼神同时看着坎宁安先生和鲍尔先生。坎宁安先生飞快地点头，鲍尔先生说：

"呃，好吧，结局好就一切都好。"

"非常感谢你，老兄。"病人说。

鲍尔先生摆摆手。

"和我在一起的另外两个人……"

"你和谁在一起？"坎宁安先生问道。

[①] 前者是一个有名的保守杂志，倾向新教的统一派。后者则拥护天主教和民族党。

"一个小伙子，我不知道他的名字。该死的，他叫什么来着？一个黄头发的小矮子……"

"还有一个呢？"

"哈福德。"

"嗯。"坎宁安先生说。

坎宁安先生说这句话时，大家都沉默了。众所周知，他消息灵通，掌握不少内幕。在这种情况下，这个单音节的字眼就有了一种道德上的斥责之意。哈福德先生有时会组织一小帮人，在星期天午后离开市区，为了在最快的时间里到达郊区的某个酒馆，这样他们一伙就成了真正的旅行者。但他的旅伴们从未忘记他的出身。他起步于一个没什么名气的地下钱庄，他的生意就是以放高利贷的方式向工人们提供小额贷款。后来，他做了利菲贷款银行的矮胖子戈德伯格先生的搭档。尽管他做的不过是犹太人的惯常职业①，但每当他的那些信天主教的伙伴们在自己办理或在他的强求下使用代理人办贷款时吃了亏，都会把他痛骂成爱尔兰犹太佬②和文盲，并在他的白痴儿子的身上看到了天主对放高利贷的反对。而在别的时候，他们还会记起他的好处。

"我不知道他去哪儿了。"克南先生说。

他希望这起事故的细节不为人知。他希望朋友们会认为是哪里出错了，以至于哈福德先生和他彼此错过了。他的朋友们

---

① 在反犹的刻板印象中，犹太人总是与放高利贷联系在一起。

② Irish Jew，一个带有侮蔑性的绰号。

非常了解哈福德先生喝酒时的德行，所以都一言不发。鲍尔先生重复说：

"结局好就一切都好。"

克南先生立刻改变了话题。

"那是一个正派的小伙子，那个行医的，"他说，"多亏了他……"

"哦，多亏了他，"鲍尔先生说，"不然也许要坐七天牢呢，而且不能以罚款来代替①。"

"是的，是的，"克南先生一边说一边尽力回忆着，"我现在想起来了，当时还有个警察在场。他看上去是个正派的小伙子。究竟发生了什么事？"

坎宁安先生严肃地说："汤姆，你简直是酩酊大醉。"

"事实确凿到快要构成起诉证据了。"克南先生同样严肃地说。

"杰克，我估计你贿赂了那个警官吧。"麦考伊先生说。

鲍尔先生不喜欢别人叫他的教名。他为人并不古板，但他没法忘记麦考伊先生最近以麦考伊夫人要去乡下办事为由，到处搜罗旅行袋和旅行箱，其实根本没那回事。他受骗上当了，但令他更为憎恨的是麦考伊先生竟然玩这么低劣的把戏。因此，他对着克南先生回答这个问题，就好像是克南先生在问他一样。

这一说法使克南先生感到愤怒。他对自己的公民身份具有强烈的荣誉感，希望生活在这座城市里的人们能够相互尊重，

---

① 公共场合醉酒罪。

受不了那些他称之为乡巴佬的警察对他的任何侮辱。

"这就是我们缴税的意义吗？"他问，"为了让那些无知的土包子吃饱穿暖……他们根本不值一提。"

坎宁安先生笑起来。他只有在上班时间才是一名警官。

"汤姆，他们怎么可能不是这样呢？"他说。

他故意带着一种浓重的乡音，用命令的口吻说：

"六十五号①，接住你的大白菜！"

大家都笑了。麦考伊先生，他想利用一切机会加入这场谈话，假装他从未听过这个故事。坎宁安先生说：

"他们说，你知道，这事发生在新兵训练营里，他们让这些大嗓门的、人高马大的乡巴佬，这些白痴，你知道，去接受训练。警官让他们靠墙站成一排，手里端着盘子。"

他用怪诞的手势来说明这个故事。"那是在吃晚饭的时候，你知道。警官面前的桌子上摆着一大碗该死的大白菜，还有一把像铲子一样的该死的大勺子。警官用勺子舀起一撮大白菜，然后朝对面甩过去，那些可怜鬼不得不用盘子去接：'六十五号，接住你的大白菜。'"

大家又笑了起来，但克南先生还是有些气愤。他扬言要给报社写信。

"这些大老粗来到这里，"他说，"觉得他们可以领导别人。我不用告诉你，马丁，他们是些什么东西。"

坎宁安先生表示同意。

---

① 六十五号指警察的编号。

"这世上别的一切也都这样，"他说，"有坏东西，也有好东西。"

"哦，是的，我承认也有好人。"克南先生满意地说。

"最好别跟他们多啰唆，"麦考伊先生说，"这是我的意见！"

克南太太走进房间，把一个托盘放在桌子上，说：

"先生们，请不要客气。"

鲍尔先生站起来，把自己的座位让给她。她谢绝了，她说她在楼下熨衣服，然后，和坐在鲍尔先生后面的坎宁安先生互相点了个头，准备离开房间。她丈夫对她喊道：

"你没给我拿点什么来吗，亲爱的？"

"哦，你！我请你吃一记耳光！"克南太太泼辣地说。

她丈夫在她背后嘀咕：

"做老公的多可怜，什么也没的吃！"

他装出一副滑稽的面孔和声音，于是大家在一片欢乐的气氛中打开一瓶瓶烈性啤酒。

先生们喝酒，然后把杯子放回到桌上，停一下。坎宁安先生向鲍尔先生转过身去，轻描淡写地说道：

"你是说星期四晚上吗，杰克？"

"是的，是星期四。"鲍尔先生说。

"好嘞！"坎宁安先生干脆地说。

"我们可以在麦奥莱酒吧碰头，"麦考伊先生说，"那里最方便了。"

"但我们不能迟到，"鲍尔先生诚恳地说，"因为那里肯定会挤破门的。"

"我们可以在七点半碰头。"麦考伊先生说。

"好嘞!"坎宁安先生说。

"七点半在麦奥莱,说定了!"

大家沉默了片刻。克南先生在等,看他的朋友们是否会信任他。然后他问:

"你们在说什么?"

"哦,没什么,"坎宁安先生说,"只是我们在安排星期四的一件小事。"

"看歌剧,是吗?"克南先生问。

"不,不,"坎宁安先生闪烁其词地说,"只是一件小小的……精神方面的事。"

"哦。"克南先生说。

又是一阵沉默。然后,鲍尔先生直截了当地说:

"老实告诉你吧,汤姆,我们准备来一次静修。"

"是的,是这样的,"坎宁安先生说,"杰克和我,还有麦考伊……我们都准备金盆洗手了。"

他兴高采烈地说出了这个比喻,并被自己的声音鼓舞了,接着说:

"你看,我们还是承认了吧,我们就是一帮无赖,我们全都是。我说,我们全都是,"他生硬地加了这么一句讨好的话,然后转向鲍尔先生说,"你快承认了吧!"

"我承认。"鲍尔先生说。

"我也承认。"麦考伊先生说。

坎宁安先生说:"所以我们要一起金盆洗手。"。

他似乎想到了一个念头。他突然转向病人说：

"汤姆，你知道我刚刚想到什么了吗？你也可以加入，我们可以来个四人对舞。"

"好主意，"鲍尔先生说，"我们四个一起干。"

克南先生沉默了。这项建议对他没有什么意义，但是，他知道有些教会组织正打算拉拢他，所以为了维护自尊，他必须表现出一种固执的态度。他很长时间没有加入谈话，只是带着一种平静的敌意旁听着，而他的朋友们则在讨论着耶稣会。

"我对耶稣会没有这么坏的看法，"他终于插嘴说，"他们是一个有文化的教团。我也相信他们是本着善意的。"

"汤姆，他们是所有教会里最大的一个教团，"坎宁安先生充满热情地说，"耶稣会的会长是和教皇平起平坐的①。"

"说得没错，"麦考伊先生说，"如果你想把一件事做得尽善尽美，就得去找耶稣会帮忙。他们是有势力的人。我来告诉你一个例子……"

鲍尔先生说："耶稣会里都是好人。"

"有一件奇怪的事，"坎宁安先生说，"关于耶稣会教团。教会里的其他教团都必须在某个时候进行改组，只有耶稣会一次也没有改组过，因为它从未出现过分裂。"

"是这样吗？"麦考伊先生问道。

"这是事实，"坎宁安先生说，"历史上就是这样的。"

---

① 坎宁安先生的无心之失：耶稣会的会长并不能与教皇平起平坐。作为罗马天主教的一个宗教组织，耶稣会不但要同等遵循"安贫、悲悯、顺从"三原则，还要宣誓向教皇忠诚。

"看看他们的教堂,"鲍尔先生说,"看看他们拥有的会众。"

"耶稣会适合上层阶级。"麦考伊先生说。

"当然。"鲍尔先生说。

"是的,"克南先生说,"这就是我对他们有好感的原因。但他们中也有一些世俗教士,这些人无知、狂妄……"

"他们都是好人,"坎宁安先生说,"只不过每个人的行为方式不同。爱尔兰的教士在全世界都享有盛誉。"

"哦,是的。"鲍尔先生说。

"不像欧洲大陆上的其他一些教士,"他说,"其实名不副实。"

"也许你是对的。"克南先生心平气和地说。

"我当然是对的,"坎宁安先生说,"我不是一直在这个世界上转悠吗,我见过那么多世面,所以我有评判资格。"

先生们又互相效法着喝了起来。克南先生似乎在心里权衡着什么。他被说动了。在事物的判断和察言观色方面,他向来认为坎宁安先生相当高明。他询问详情。

"哦,你知道,只是一次静修。"坎宁安先生说,"是普顿①神父主持的。你知道,是专门为生意人设置的。"

"他不会对我们太严厉的,汤姆。"鲍尔先生循循善诱地说。

"普顿神父?普顿神父?"病人说。

"哦,你肯定认识他的,汤姆,"坎宁安先生坚决地说,"他是个快活的好人!他是个像我们一样精通世故的人。"

---

① 这个名字有乔伊斯的一部分深意。Purdon Street(普顿街)曾是都柏林的红灯区,妓所集中地。

"啊……对的。我想我认识他。面孔很红的；人很高。"

"就是他。"

"告诉我，马丁……他是个好布道师吗？"

"嗯，不……你知道，不完全是布道。只是一种朋友式的交谈，你知道，从常识的角度来说。"

克南先生认真地考虑了一下。麦考伊先生说：

"汤姆·伯克神父①，他才叫棒呢！"

"哦，汤姆·伯克神父，"坎宁安先生说，"他是一个天生的演说家。你听过他布道吗，汤姆？"

"我听过他布道吗！"病人恼火地说，"我会没听过吗！我当然听过……"

坎宁安先生说："但人家说他不是一个优秀的神学家。"

"是这样吗？"麦考伊先生说。

"哦，当然，他的布道没有错，你知道。只是有时候，人家说他没有宣扬正统的教义。"

"啊！……他是个了不起的人。"麦考伊先生说。

"我听过一次，"克南先生接着说，"我现在想不起来他那次布道的主题了。克罗夫顿和我当时坐在……场子的后面，②你知道……那什么……"

"会堂。"坎宁安先生说。

"是的，在后面靠近门口的地方。我现在想不起来……哦，

---

① 汤姆·尼古拉斯·伯克（1830—1883），爱尔兰多明我会神父，在本国和美国为了爱尔兰的事业而四处奔走演说。

② 这句话暗示了克南先生不太去教堂，倒是经常去戏院。

是的，是关于教皇的，已故的教皇。我记得很清楚。相信我，他的布道具有一种华丽、雄辩的风格。再加上他的声音！上帝啊！他怎么能发出那种声音！他称自己为梵蒂冈的囚徒[①]。我记得我们出来的时候克罗夫顿对我说……"

"但他是一个奥兰治分子[②]，这个克罗夫顿，不是吗？"鲍尔先生说。

"当然，"克南先生说，"还是一个该死的、体面的奥兰治分子。我们去了摩尔街的巴特勒酒吧——说实话，我真的很感动，看在上帝的分上——我清楚地记得他说的话。克南，他说，我们属于不同的教派，但我们的信仰是相同的。他说得太好了，给我留下了很深的印象。"

"他的含义很深。"鲍尔先生说，"过去在汤姆神父讲道的小教堂里，总有一大群新教徒会来听。"

"我们之间没有太大的分歧，"麦考伊先生说，"我们都相信……"

他迟疑了一下。

"……救世主。他们只是不相信教皇和圣母。"

"但是，当然，"坎宁安先生平静地、富有感染力地说，"我们的宗教才是真正的宗教，是古老的、原始的信仰。"

---

① 19世纪后半期，如火如荼的民族主义运动席卷意大利，教宗国的首都罗马被意大利王国攻陷，千年宗教统治结束。教宗退守梵蒂冈城堡，自称"梵蒂冈之囚"。

② 奥兰治教团的成员，该教团的名字起源于奥兰治的威廉，即威廉三世。该教团支持新教，反对天主教。

"毫无疑问。"克南先生热情地说。

克南太太走到卧室门口，开口说道：

"有人看你来了！"

"谁？"

"福格蒂先生。"

"哦，进来！进来！"

一张苍白的椭圆脸出现在灯光下。他那金色的八字胡和环绕在一双惊喜的眼睛上的漂亮眉毛极其相似。福格蒂先生是个卑微的杂货商。他在市里面没能搞到做生意的营业执照，因为他的经济条件迫使他只能绑定二流的酿酒厂商。他在格拉斯内文路开了一家小店，他在那里自鸣得意，他的举止能讨好当地的家庭主妇。他风度翩翩，善于哄小孩，说话的声音干净利落。他不是一个没文化的大老粗。

福格蒂先生带来了一份礼物，半品脱特制威士忌。他彬彬有礼地询问克南先生的病情，他把礼物放在桌子上，然后和大家一起坐在了长椅上。克南先生很感激这份礼物，因为他知道他和福格蒂先生之间还有一小笔杂货的账未结。他说：

"我相信你，老兄。把酒开了，杰克，好吗？"

鲍尔先生再次做起了主持人。酒杯洗好了，五小杯威士忌倒好了。在酒精的影响下，谈话变得更有生气了。福格蒂先生坐在长椅的一角，津津有味地听他们交谈。

"教皇利奥十三世①，"坎宁安先生说，"是时代的启蒙

---

① 耶稣会士，学识渊博，具有政治家风度，但立场保守，不支持爱尔兰的民族主义运动。

者之一。他的伟大理想，你知道，是拉丁教会和希腊教会的联合。这就是他的人生目标。"

"我经常听人说他是欧洲最聪明的人之一，"鲍尔先生说，"我的意思是，除了他是教皇以外。"

"他是这样的，"坎宁安先生说，"基本上没错。你知道，他作为教皇的座右铭是，Lux upon Lux——天外有天①。"

"不，不，"福格蒂先生急切地说，"我觉得你说错了。应该是 Lux in Tenebris，我想，意思是黑暗中的光明。"

"哦，对的，"麦考伊先生说，"是 Tenebrae②。"

"不好意思，"坎宁安先生肯定地说，"是 Lux upon Lux。他的前任庇护九世的座右铭是 Crux upon Crux③，意思就是，教外有教。这就显示出了这两位教皇的不同。"

大家接受了他的说法。坎宁安先生接着说：

"你们知道，教皇利奥是一位伟大的学者和诗人。"

克南先生说："他是个强硬的人。"

"是的，"坎宁安先生说，"他还用拉丁文写诗。"

"是这样吗？"福格蒂先生问。

---

① 教皇实际并无座右铭，而是世人将所谓的"圣马拉奇预言"附会到历任主教身上。据传圣马拉奇在 1139 年看到了未来的异象，并为最后的审判到来之前的 112 位教宗做了预言。利奥十三世的预言为"Lumen in caelo"（Light in Heaven，天堂之光）。

② 拉丁文，黑暗。

③ 庇护九世即教宗国的最后一任君主，自他开始教宗自称"梵蒂冈之囚"。他在任期间确立了两条教义，"教宗无谬误"，以及"圣母始胎无染原罪"。对他的预言为"Crux de Crux"，即"Cross from Cross"（十字架上罹难）。

麦考伊先生心满意足地尝了一口威士忌，不置可否地摇了摇头，说：

"我可以告诉你，那不是开玩笑。"

"汤姆，我们在每周一便士的学校里，"鲍尔先生跟在麦考伊先生后面附和说，"可没学过这个。"

"有好多人是胳肢窝里夹一块泥炭①去每周一便士的学校上课的，"克南先生意味深长地说，"旧体制是最好的：朴素的、诚实的教育。没有你们那种时髦的废话……"

"一点没错。"鲍尔先生说。

"没有花里胡哨的东西。"福格蒂先生说。

他说完这句话，就一本正经地喝了起来。

"我记得曾读过，"坎宁安先生说，"教皇利奥的一首诗，是关于照相术的发明的——当然，是用拉丁文写的。"

"关于照相术！"克南先生惊呼。

"是的。"坎宁安先生说。

他也拿起酒杯喝酒。

"呃，你们知道，"麦考伊先生说，"只要想想照相术，你们不觉得它很了不起吗？"

"哦，当然，"鲍尔先生说，"伟大的思想家能参悟事物的本质。"

"正如诗人所说：伟大的思想家和疯子几乎没什么区

---

① 在这种学费低廉的乡下学校里，学生们必须自备泥炭来给教室里的火炉生火取暖。

别^①。"福格蒂先生说。

克南先生似乎有点心绪不宁。他努力回忆着新教徒对一些疑难问题的神学理论，最后对坎宁安先生说：

"告诉我，马丁，"他说，"有些教皇，当然不是说我们现在的教皇，或他的前任，而是过去的有些教皇，不是非常……你知道……不是很正经？"

一阵沉默。坎宁安先生说：

"哦，当然，也有一些坏家伙……但令人惊讶的是这个。他们中没有一个，就连最大的酒鬼，就连最……流里流气的流氓，也没有一个曾在宝座上说过一句错误的教义。这不是一件令人吃惊的事吗？"

"是的。"克南先生说。

"是的，因为教皇就是权威，"福格蒂先生解释说，"他说的话是不会错的。"

"是的。"坎宁安先生说。

"哦，我知道教皇是绝对正确的。我记得那时我还小……或者是……？"

福格蒂先生打断了他的话。他拿起酒瓶，往每个人的酒杯里又加了一点酒。麦考伊先生看出剩下的酒不够分给每个人了，便识相地说他还没有喝完第一杯呢。其他人也推辞一番，最后还是满上了。威士忌倒入酒杯的轻音乐成为一支令人愉悦的间

---

① 这句话出自诗人约翰·德莱顿（John Dryden，1631—1700），原句是"伟大的智慧必定接近于疯狂"，乔伊斯略微改动了原文。

奏曲。

"汤姆，你在说什么呀？"麦考伊先生问道。

"教宗永无谬误[1]，"坎宁安先生说，"在整个教会的历史上，这是最伟大的一幕。"

"你觉得呢，马丁？"鲍尔先生问道。

坎宁安先生举起两根粗手指。

"在罗马教廷枢机主教团里，你知道，在红衣主教和大主教、主教们中间，只有两个人坚持反对这种主张，而其他人都表示赞成。整个主教团除了这两个人以外均无异议。但是！他们俩决不同意！"

"哈！"麦考伊先生说。

"两个人中一个是德国红衣主教，叫多林……或道林……或……"

鲍尔先生笑着说："道林不是德国人的姓[2]，我肯定。"

"好吧，这位伟大的德国红衣主教，不管他姓什么，是这两个人中的一个；另一个是约翰·马克海尔。"

"什么？"克南先生喊道，"是图姆的约翰吗？"

"你能确定吗？"福格蒂先生疑惑地问道，"我以为是某个意大利人，或者美国人呢。"

"图姆的约翰，"坎宁安先生重复道，"就是那个人。"

---

[1] 当教宗端坐宝座上作为宗教权威发言时，因有圣彼得应允的神助，其关乎信仰和道德的发言永无谬误。但他们的日常非正式训导并不被纳入此条教义。

[2] 这里说的其实是德国教士约翰·多林哥（Johann Döllinger），尽管此人并非红衣主教。多林哥反对教宗永无谬误论，于1871年被逐出教会。

他喝酒，其他绅士也学他的样。然后他继续说：

"他们都在那里讨论，来自五湖四海的所有的红衣主教、大主教和主教们，和这两个家伙争得面红耳赤，直到最后教皇本人站了起来，以权威的口吻宣布教宗在宝座之上永无谬误乃是教会的教义。就在此时，那个一直争论不休的约翰·马克海尔站起来，用雄狮般的声音吼道：'Credo①！'"

"我相信！"福格蒂先生说。

"Credo！"坎宁安先生说，"这表明了他的信仰。教皇一开口，他就服从了。"

"那道林怎么说呢？"麦考伊先生问。

"那个德国红衣主教不服从。他脱离了教会。"

坎宁安先生的话在听众们的脑海里勾勒出一幅巨型的教堂图。他用低沉、沙哑的声音说出信仰和服从时，他们全都听得热血沸腾。克南太太擦着手走进房间时，他们全都是一副严肃的表情。她没有打破沉默，而是靠在了床脚的栏杆上。

"我曾经见过约翰·马克海尔一面，"克南先生说，"只要我活着，我就不会忘记他。"

他向妻子转过身去，让他妻子为他作证。

"我常跟你这么说吧？"

克南太太点点头。

"那是在约翰·格雷爵士雕像的揭幕仪式上。埃德蒙·德怀尔·格雷发表了演说，全是胡扯，当时这位老兄也在场，他

---

① 拉丁文，即下文的"我相信"。

看上去是个脾气乖戾的老头，他的目光透过浓密的眉毛朝演说者望去。"

克南先生皱着眉头，像一头愤怒的公牛一样低下头，瞪着他的妻子。

"上帝啊！"他叫道，然后恢复了他那自然的面孔，"我从来没在任何人身上看到过有这样的一双眼睛。他的目光就像是在说：小子哎，你逃不出我的掌心。他的眼睛就像老鹰。"

鲍尔先生说："格雷家没一个好人①。"

又是一阵沉默。鲍尔先生转向克南太太，突然开心地说道：

"好吧，克南太太，我们要让你的男人成为一个虔诚的圣人，一个敬畏上帝的罗马天主教徒。"

他挥舞手臂，把所有人都囊括在内。

"我们现在要一起静修，忏悔我们的罪孽，上帝知道我们非常想这么做。"

"我不介意。"克南先生说，有点紧张地微笑着。

克南太太认为，最好把自己的喜悦感隐藏起来。所以她说：

"我为那个不得不听你们讲故事的牧师感到可怜。"

克南先生的表情变了。

"牧师如果不喜欢，"他生硬地说，"他可以……做别的事情呀。我就把我那个小小的惨事告诉他。我没那么坏吧……"

---

① 埃德蒙·格雷是约翰·格雷的后裔，两人都信奉新教，都是活跃于爱尔兰政界的政客。鲍尔先生说这话有两种可能性，一是他作为天主教徒攻击新教徒，一是他在城堡工作，因而厌恶支持民族主义运动的格雷一家。无论哪种，这话都相当失礼。

坎宁安先生赶忙插嘴说：

"我们都会抛弃魔鬼的，"他说，"我们一起，不要忘记魔鬼的德行和欺骗性。"

"撒旦，退我后边去吧！^①"福格蒂先生说，一边笑眯眯地看着其他人。

鲍尔先生什么也没说。他觉得自己完全比不上人家。但他的脸上还是闪过了一丝快乐的表情。

"我们必须要做的，"坎宁安先生说，"就是手里拿着点燃的蜡烛站起来，再次说出我们洗礼时的誓言。"

"哦，汤姆，不管你要做什么，"麦考伊先生说，"都别忘了蜡烛。"

"什么？"克南先生说，"我必须有一支蜡烛吗？"

"哦，是的。"坎宁安先生说。

"不，该死的，"克南先生理智地说，"我到此为止了。我会把工作做足的。我会参加静修，还有忏悔，还有……所有的事情。但是……不要蜡烛！不，让一切都见鬼去吧，我讨厌蜡烛！"

他庄重地摇了摇头，样子有点滑稽。

"你听听他说的！"他妻子说。

"我讨厌蜡烛，"克南先生说，意识到自己的话对听众们产生了影响，继续左右摇晃着脑袋，"我讨厌魔术灯的把戏。^②"

大家都哈哈大笑。

---

① 出自《新约·马太福音》16:23-25。

② 怀疑论者认为圣母玛利亚1879年在马约郡诺克的显灵是通过魔术灯（幻灯片投影仪）的技术手段实现的。

"你真是个很好的天主教徒！"他妻子说。

"不要蜡烛！"克南先生固执地重复道，"就这么着吧！"

加德纳街耶稣会教堂的十字形甬道上几乎人山人海；然而每时每刻，还有绅士们从侧门进来，在杂务教士的引领下，踮着脚尖沿着过道往前走，直到找到座位。先生们都穿得很体面、整洁。圣所灯的光照在会众们的黑衣服和白领子上，照在零星几个穿着格子呢衣服的人身上，照在斑驳的深绿色大理石柱子上，照在阴暗的油画上。先生们坐在长凳上，把膝盖上面的裤子稍微往上提一提①，把帽子稳稳地放在膝盖上。他们坐得笔直，一本正经地凝视着远处高高的神坛前的一点红光②。

在神坛附近的一张长凳上，坐着坎宁安先生和克南先生。在它后面的一张长凳上，只坐着麦考伊先生一个人，再后面的长凳上坐着鲍尔先生和福格蒂先生。麦考伊先生没能找到和其他人坐在一起的位子，等大家以梅花形排列的方式③坐好后，他说出来的话也并不像他以为的那么风趣。看到他的话不受欢迎，他只得放弃了。就连他也感觉到了一种肃穆的氛围，就连他也感觉到了来自宗教的感染力。一阵耳语后，坎宁安先生把克南先生的注意力转到了放债人哈福德先生身上，他坐在较远

---

① 为了保持裤腿上的折缝线。

② 圣所的红灯亮起，表明神坛之上有圣物存在。为了展示天主的存在，变形为基督圣体的一块圣饼。

③ 象征耶稣被钉上十字架时的五处伤口。

处，然后又转到范宁先生身上，他是个注册代理人和市长竞选的监督官，就坐在神坛的正下方，旁边坐着一个本选区新当选的议员。右边坐着老迈克尔·格里姆斯，他是三家当铺的老板，还有丹·霍根的外甥，他想去市政厅办公室工作。再前面坐着亨德里克先生，《弗里曼日报》的首席记者，还有可怜的奥卡罗尔，克南先生的老朋友，在一段时间里曾经是个炙手可热的商界人物。渐渐地，在认出一张张熟悉的面孔后，克南先生终于放松了下来。他妻子帮他补好的帽子，放在他的膝盖上。有那么一两次，他用一只手把袖口拉下来，而用另一只手轻轻地、但坚定地抓住帽边。

一个相貌威武的身影，上身穿着一件白色的法衣，步履蹒跚地走进了神坛。与此同时，会众们纷纷起立，拿出手帕，小心地跪在上面。克南先生和大家行动一致。神父笔挺地站在神坛上，栏杆上方露出身体的三分之二，全身最醒目的特征是一张巨大的红脸。

普顿神父跪下来，转身向着红光，用手捂住脸，开始祷告。过了一会儿，他把手拿开，站了起来。会众们也站起来，重新坐在了长凳上。克南先生把帽子放回到膝盖上，全神贯注地看着神父。神父用一个精心设计的夸张手势把法衣的大袖子翻下来，然后笃悠悠地审视着一排排面孔。然后他说：

"因为今世之子，在世事之上，较比光明之子更加聪明。我又告诉你们：要藉着那不义的钱财结交朋友，到你死时，他们可以接你们到永存的帐幕里去 ①。"

　　普顿神父自信满满地阐述着这篇布道文。他说，这是《圣经》中最难做出正确解释的经文之一。在粗心的读者看来，这篇经文与耶稣基督在其他地方所宣扬的崇高道德背道而驰。但是，他告诉听众们，这篇经文在他看来是特别为了指导那些命中注定要过世俗生活，但又讨厌那种追名逐利的生活方式的人而写的。这是一篇为商业人士和专业人士写的经文。耶稣基督对我们的人性的方方面面都有神圣的理解，他理解不是所有人都会被感召来过宗教生活的，到目前为止，绝大多数人被迫生活在这个凡尘，在某种程度上，他们是为了尘世而活的：在这句话中，他想要给他们一个忠告，在他们面前树立宗教生活的榜样，对那些崇拜财神的、对宗教事务最不关心的人。

　　那天晚上，他告诉他的听众们，他在这里并不是为了吓唬大家，也不是为了什么崇高的目的；只是作为一个凡人来和同胞们谈心。他来找商人谈话，他会以谈生意经的方式来和他们说话。请允许他打一个比方，他说，他是他们精神上的会计师；他希望他的每一个听众都能打开他的账簿，他的精神生活的账簿，看看它是否符合自己的良心。

　　耶稣基督不是一个严厉的监工。他理解我们的那些失败，理解我们可怜的堕落本性的弱点，理解尘世对我们的诱惑。我

---

① 这段文字引自《新约·路加福音》16:8—9。特伦斯·布朗指出，普顿神父故意用"到你死时"取代了原文的"到了钱财无用的时候"来歪曲原意。

们可能曾受到诱惑，今后也会时不时地受到诱惑；我们可能会失败，我们也都曾经失败过。但是只有一件事，他说，他会要求他的听众们，那就是：像男子汉那样，对上帝坦诚相待。如果他们的账簿上完全没有问题，可以说：

"好吧，我已经核实了我的账目。我没有找到任何差错。"

但如果，账簿上存在着一些差异，这是很有可能的，那就应该承认事实，像个男子汉那样，坦白地说：

"好吧，我查过我的账目了。我觉得这里错了，那里也不对。但是，在上帝的恩典下，我会把这些错误全都纠正掉。我会改过自新的。"

死者

　　管家的女儿莉莉①真的是忙到了脚不沾地的程度。她刚把一位绅士带进底楼办公室后面的小餐具室，帮他脱下大衣，大厅的门铃又响了，她只好沿着空荡荡的走廊飞奔，去给另一个访客开门。对她来说很好，她没有必要恭候女士们。但是凯特小姐和朱莉亚小姐想到了这一点，还把楼上的卫生间改成了女更衣室。凯特小姐和茱莉亚小姐现在正在那儿，嘻嘻哈哈地闲聊着，一起走到楼梯口，从扶手那里往下看，还叫来莉莉，问她哪些人已经到了。

　　这向来都算是件大事，莫根家的小姐们举办的年度舞会。认识她们的人都来了，各路亲眷，家族的老朋友，茱莉亚的唱诗班的成员，凯特教过的那些已经长大了的学生，甚至还有一

---

① Lily，百合花，死亡与新生的象征。圣母玛利亚也被称为"圣母百合"。

些玛丽·简的学生。舞会从来没有一次失败过。年复一年，在大家的记忆里，它一直在以一种华丽的风格上演着；自从凯特和茱莉亚，在他们的兄弟帕特去世后，离开了位于石子坡的家，带着她们唯一的侄女玛丽·简，一起住在厄舍岛上那座阴暗、凄清的房子里，她们从谷物商富勒姆先生手里租下了这所房子的二层，而富勒姆先生自己则住在楼下。那天到现在至少有三十年了。玛丽·简那时还是个穿童装的小女孩，现在已经成了家里的顶梁柱，因为她是哈丁顿路圣玛丽教堂里的风琴手。她是爱尔兰皇家音乐学院毕业的，每年都在古典音乐厅的二楼举办学生音乐会。她的许多学生来自金斯敦和达基一带的上流家庭。尽管她的姨妈们都很老了，但她们还是在做她们该做的事。朱莉亚虽然头发几乎已全白，但仍然是礼拜堂里的女高音主唱，还有凯特，尽管虚弱得走不了多少路了，还在后面房间里那架古旧的方钢琴上给初学者们上音乐课。管家的女儿莉莉，为她们操持家务。虽然她们的生活很朴素，但她们都很重视吃；要吃最好的：带骨头的牛腰肉、三先令一磅的茶叶，还有上等的瓶装黑啤。但是莉莉在执行她们的任务时很少出错，所以她和三个女主人相处得很好。她们爱挑剔，仅此而已。但她们唯一不能忍受的就是顶嘴。

当然，她们有足够的理由在这样的一个夜晚吹毛求疵。而此时已是十点过了很久，却依然没有加布里埃尔①和他妻子的

———

① Gabriel，希伯来语意为"天主的人"，在亚伯拉罕诸教中是负责为神传讯息的天使长。

踪影。此外，她们都非常担心弗雷迪·马林斯会醉醺醺地过来。她们无论如何都不希望让玛丽·简的任何一个学生看到他浑身酒气的样子；当他那副样子的时候，有时是很难对付的。弗雷迪·马林斯总是迟到，但她们不知道是什么事让加布里埃尔耽搁了，那就是为什么她们会每隔两分钟就到楼梯口去问莉莉，加布里埃尔或者弗雷迪来了没有。

"哦，康罗伊先生，"莉莉为加布里埃尔开门时对他说，"凯特小姐和朱莉亚小姐以为您不来了呢。晚上好，康罗伊夫人。"

"我料到她们会这么想的，"加布里埃尔说，"但她们忘了我妻子要花上整整三个小时才能穿好衣服。"

他站在门垫上，蹭掉了套鞋上的积雪，莉莉则领着他妻子走到楼梯脚下，朝上喊道：

"凯特小姐，康罗伊夫人到了。"

凯特和朱莉亚立刻从黑乎乎的楼梯上摇摇晃晃地走了下来。她们两个亲吻了加布里埃尔的妻子，说这鬼天气一定把她活活地冻死了，然后问加布里埃尔是否和她一起来了。

"凯特阿姨，我就像邮包一样，从来不会误点的！你们先上去，我一会儿就来。"加布里埃尔在暗处嚷道。

三个女人笑嘻嘻地上楼去更衣室的时候，他仍在使劲地蹭着鞋子。一层薄薄的雪像披风一样覆在他的大衣肩上，像鞋套一样覆在他的套鞋上；他的大衣纽扣穿过被雪花弄得硬邦邦的粗呢大衣的扣眼时发出一阵吱吱的响声，室外清冷的寒气从衣服的褶皱里散发出来。

"又下雪了吗，康罗伊先生？"莉莉问。

她领着他进了餐具室，帮着他脱下大衣。加布里埃尔对她说出他的姓氏时发出的那三个音节笑了笑，还朝她瞥了一眼。她是一个苗条的、正在发育的女孩，脸色苍白，头发是淡黄色的。餐具室里的煤气灯使她的脸色看起来更苍白。加布里埃尔小时候就认识她，过去她常坐在楼梯脚下照料她的布娃娃。

"是的，莉莉，"他回答说，"我想这场雪要留我们在这里过夜了。"

他抬头看了看餐具室的天花板，天花板因楼上有人跺脚和走动而震颤着，听了一会儿钢琴，然后瞥了一眼那个姑娘，她正在衣架的那头小心翼翼地叠他的大衣。

"告诉我，莉莉，"他友好地说，"你还去上学吗？"

"哦，不，先生，"她回答，"我已经中断学业一年多了。"

"哦，如此说来，"加布里埃尔高兴地说，"我想我们会在哪个好日子里去参加你和你的小伙子的婚礼，对吗？"

女孩回头看了他一眼，愤愤地说道：

"现在的男人都只会拍你的马屁，为了从你身上捞到好处。"

加布里埃尔脸红了，好像觉得自己犯了一个错误。他没有朝她看，而是脱下套鞋，用他的围巾使劲拍拂着黑漆皮鞋。

他是个身材魁梧高大的年轻人。他面颊赤红，这种红色甚至延伸到了前额，在那里形成一些形状各异的浅红色的色块；在他光洁的脸上，眼镜的抛光镜片和亮金色的镜架在不安地闪烁着，遮住了他那敏感而不安的眼睛。他那光滑的黑发从中间分开，在耳朵后面梳成长长的鬈发，在帽子留下的缝隙里微微向下卷曲着。

把皮鞋擦出光泽后，他站了起来，把背心往下拉了拉，这样就使背心在他肥硕的身躯上显得更紧了。然后，他飞快地从口袋里掏出一枚硬币。

"哦，莉莉，"他说着，把硬币塞进她手里，"现在是圣诞节，不是吗？只是……给你一点……"

他迅速向门口走去。

"哦，不，先生！"姑娘跟在他后面喊道，"真的，先生，我不会接受的。"

"圣诞节！现在是圣诞节！"加布里埃尔说着，几乎一溜小跑地来到楼梯口，还对她挥手表示反对。

姑娘看到他已经爬上了楼梯，就在他身后喊道：

"那好吧，谢谢您，先生。"

他在客厅门外等待华尔兹舞曲奏完，听着舞裙和皮鞋随着节奏发出的窸窸窣窣的声响。那女孩突然而激烈的拒绝仍使他觉得扫兴。这给他蒙上了一层阴影，他想通过把袖口弄弄好和把领结弄弄正的方式来排遣一下。然后他从背心口袋里拿出一张小纸片，看了一眼他为演讲准备的提纲。他对是否要引用罗伯特·勃朗宁的诗句犹豫不决，因为他害怕听众们可能会摸不着头脑。还是引用莎士比亚或托马斯·摩尔的《爱尔兰歌谣集》里的诗句更好些，因为大家都知道它们的出处。男人们的鞋跟和鞋底发出的不雅的咔嚓声提醒了他，他们的文化层次和他不同。他引用他们听不懂的诗歌，只会出自己的洋相。他们会认为他是在卖弄学问。在他们面前他会失败的，就像在餐具室里对那个姑娘一样的失败。他说话的语气不对。他的整个演讲从头到尾就是一个错误，是一个彻底的失败。

就在此时，他的姨妈们和妻子从女更衣室里出来了。他的两个姨妈都是衣着朴素的小老太婆。朱莉亚姨妈比另一个高一英寸左右。她的头发低垂在耳窝上，灰白色的，她那张松弛的大脸也是灰白色的，有更深的阴影。虽然她身材结实，站姿笔挺，但她那双迟钝的眼睛和张开的嘴唇使她看起来像个不知身在何处和要去往何方的女人。凯特姨妈更活泼一些。她的脸色比她妹妹更健康些，脸上满是皱纹褶子，像干瘪的红苹果。她的头发，同样梳成很老的式样，依然保持着深栗色。

她们都友好地吻了加布里埃尔。他是她们最喜欢的侄子，是她们已经去世的大姐艾伦的儿子，父亲是在港务管理局工作的 T·J·康罗伊。

"格雷塔告诉我你今晚不会坐出租回蒙克斯顿，加布里埃尔。"凯特姨妈说。

"是的，"加布里埃尔说着，转向妻子，"我们去年已经受够了，不是吗？你不记得了吗，凯特姨妈，格雷塔得了多严重的感冒？出租车的窗户一路嘎嘎作响，我们经过梅里恩后东风就一直吹进来。真够受的。格雷塔为此得了重感冒。"

凯特姨妈重重地皱眉，不住地点头。

"很好，加布里埃尔，很好，"她说，"当心一点总没错的。"

"但是对格雷塔来说，"加布里埃尔说，"只要你们同意，她会在雪地里走回家的。"

康罗伊太太笑了。

"别理他，凯特姨妈，"她说，"他就是个糟糕透顶的男人，

197

什么为了汤姆的眼睛晚上要用绿灯罩，让他练哑铃，还逼伊娃喝麦片粥。可怜的孩子！她看见麦片粥就恶心！……哦，但你永远也猜不到他今天逼我穿什么了！"

她突然爆发出一阵清脆的笑声，瞅了她丈夫一眼，而她丈夫的那双爱慕和快乐的眼睛正从她的衣服一路转到她的面孔和头发上。两个姨妈也笑了起来，因为加布里埃尔的瞎操心向来是她们的笑柄。

"套鞋！"康罗伊太太说，"这是他的最新指示。只要脚底下是湿的，我就必须穿套鞋。甚至今晚，他也想让我穿套鞋，但我不听他的。他下次再给我指示估计是要让我穿潜水服了。"

加布里埃尔尴尬地笑着，轻拍着领带来安慰自己，而凯特姨妈几乎笑弯了腰，她是真心非常欣赏这个笑话。朱莉亚姨妈脸上的笑容很快消失了，她那双无神的眼睛直勾勾地看着侄儿的脸。她停顿了一下后问道：

"套鞋是什么东西，加布里埃尔？"

"就是套鞋呀，朱莉亚！"她姐姐嚷道，"天哪，你连套鞋都不知道吗？就是你穿在……穿在你的靴子外面的，格雷塔，不是吗？"

"是的，"康罗伊太太说，"是用古塔胶做的。我们现在都有一双。加布里埃尔说，在欧洲大陆每个人都穿的。"

"哦，在欧洲大陆。"朱莉亚姨妈喃喃地说，慢慢地点头。

加布里埃尔皱起眉头，好像有点生气似的说：

"这没什么了不起的，但格雷塔觉得很有趣，因为她说这个词让她想到了白人扮黑人的滑稽剧团。"

"但是告诉我，加布里埃尔，"凯特姨妈轻巧、机智地说，"当然，你已经找好房间了。格雷塔说……"

"哦，房间没问题，"加布里埃尔回答，"我已经在格雷沙姆旅馆订好一间了。"

"当然，"凯特姨妈说，"这是目前最好的办法了。那孩子们呢，格雷塔，你不担心他们吗？"

"哦，只是一个晚上，"康罗伊太太说，"而且，贝西会照顾他们的。"

"当然，"凯特姨妈又说，"有一个像这样的姑娘，一个你可以信赖的姑娘，是多么教人放心啊！你再看那个莉莉，我不知道她最近是怎么了。她已经完全不是以前的那个姑娘了。"

加布里埃尔正要问他姨妈一些关于这方面的问题，但她突然停下来盯着她妹妹看，她妹妹已经走下楼梯，并伸长了脖子越过扶手看。

"现在，我问你，"她更恼火地说，"朱莉亚要去哪儿？朱莉亚！朱莉亚！你要去哪里？"

朱莉亚下到楼梯的半中间，又走回来直截了当地说：

"弗雷迪来了。"

与此同时，一阵掌声和钢琴师奏出的最后一个华丽音符宣告了华尔兹舞的结束。客厅的门从里面打开，几对舞伴从里面出来了。凯特姨妈急忙把加布里埃尔拉到一边，和他咬耳朵说：

"你下楼去，加布里埃尔，你行行好，去看看他是否没事，如果他喝醉了，就别让他上楼。我肯定他喝醉了。我肯定的。"

加布里埃尔走到楼梯口，身子越过扶手听着。他听见有两个人在餐具室说话。然后他听出是弗雷迪·马林斯的笑声。他脚步沉重地走下楼梯。

"真是松了一口气，"凯特姨妈对康罗伊太太说，"有加布里埃尔在这里。他在这里的时候，我总觉得心里轻松些……朱莉亚，戴利小姐和鲍尔小姐要吃点点心。谢谢你弹奏这么好听的华尔兹舞曲，戴利小姐。我们过得太愉快了。"

一个身材高大、面色枯槁的男人，留着灰白的硬胡子，黝黑的肤色，和他的舞伴一起走过去，说着：

"莫根小姐，我们也吃点点心好吗？"

"朱莉亚，"凯特姨妈随机应变地说，"这两位是布朗先生和弗隆小姐。朱莉亚，带他们进去吧，还有戴利小姐和鲍尔小姐。"

"我是为女士们服务的人，"布朗先生说着，把嘴唇噘得连胡子都竖了起来，满脸堆笑直到皱纹全开的地步，"你知道，莫根小姐，他们这么喜欢我的原因是……"

他话还没说完，但看到凯特姨妈已经走到了听不见的地方，就立刻把三位年轻小姐领进了后屋。后屋的中央并排地放着两张方桌，朱莉亚姨妈和管家正在桌子上铺开一块大布。餐具柜上摆满了杯盘器皿，还有刀叉和勺子。一架合着的方形钢琴的上面，也被派上了餐具柜的用场，放着食品和糖果。两个年轻人站在摆在一个角落里的一只更小的餐具柜旁，喝着蛇麻子苦味啤酒。

布朗先生领着女士们走了过去，并嘻嘻哈哈地邀请所有人喝一种适合女士饮用的潘趣酒，热的潘趣酒，酒味浓郁、甘美。因为她们说她们从来不喝烈酒，他就为她们开了三瓶柠檬汽水。

然后他叫两个年轻人中的一个让开些，抓起了酒缸，给自己倒了一大杯威士忌。在他啜了一口细细品尝酒味时，那两个年轻人毕恭毕敬地看着他。

"上帝保佑，"他微笑着说，"这就是医生给我开的处方。"

他干瘪的脸上绽放出更大的笑容，三位年轻的女士也用音乐般的笑声来回应他，她们左右摇晃着身体，肩膀紧张地一抖一抖。其中最大胆的一位说道：

"哦，得了，布朗先生，我肯定医生从来没开过这种处方。"

布朗先生又嘬了一口威士忌，然后模仿着侧身行走，说道：

"好吧，你知道，我就像著名的卡西迪夫人，据说她曾说过这样的话："好吧，玛丽·格里姆斯，如果我不喝，你就强迫我喝，因为我觉得我需要酒。""

他那张火红的脸过分亲昵地向前倾了倾，而且故意用一种很低沉的都柏林口音，这样年轻的女士们出于本能就默默地听他说话了。弗隆小姐，玛丽·简的学生之一，问戴利小姐她弹的那首好听的华尔兹叫什么名字；布朗先生见没人理睬他，就立刻转向那两个对他更有敬意的小伙子。

一个红脸的年轻女子，穿着紫色的衣服，走进房间，兴奋地拍着手，喊道：

"四对舞！四对舞！"

凯特姨妈紧随其后，嚷道：

"两位先生和三位女士，玛丽·简！"

"哦，伯金先生和克里根先生来了，"玛丽·简说，"克里根先生，你来做鲍尔小姐的舞伴好吗？弗隆小姐，请允许我来帮你找个舞伴，就是伯金先生。好了，现在一切都妥了。"

"三位女士，玛丽·简。"凯特姨妈说。

两位年轻的绅士问女士们他们是否有这份荣幸，玛丽·简转向戴利小姐。

"哦，戴利小姐，你真是个大好人，你刚才已经为我们弹了两支舞曲，但我们今晚真的太缺女舞伴了。"

"我一点也不介意，莫根小姐。"

"不过，我有个好舞伴给你，就是男高音巴特尔·达西先生。过会儿我会请他唱上一曲。所有的都柏林人都在为他大唱赞歌呢。"

"他的歌声确实好听，确实好听！"凯特姨妈说。

因为钢琴已经两次奏出第一节乐曲的开头部分，玛丽·简赶紧带着她招募来的新兵走出了房间。他们前脚刚走，朱莉亚姨妈就慢悠悠地走进了房间，一边还回头看着身后的什么东西。

"怎么啦，朱莉亚？"凯特姨妈好奇地问，"谁在那里？"

朱莉亚手里拿着一摞餐巾纸，转向她姐姐，直截了当地说，好像这个问题让她很吃惊似的：

"就是弗雷迪呀，凯特，加布里埃尔和他在一起。"

实际上，加布里埃尔就在她身后，正领着弗雷迪·马林斯走过楼梯口。后者是一个四十岁左右的年轻人，身高和体型与加布里埃尔相仿，肩膀很圆。他的脸上肉鼓鼓的，脸色苍白，仅在厚实的耳垂和宽阔的鼻翼处略有血色。他的五官粗糙，塌鼻子，突出而倾斜的眉毛，臃肿又翘起的嘴唇。浓密的眼睫毛和稀稀拉拉、乱蓬蓬的头发使他看上去像没睡醒似的。他在楼梯上对加布里埃尔说了个什么笑话，此时正在哈哈大笑，同时又用左手的指关节来回地揉着左眼。

"晚上好，弗雷迪。"朱莉亚姨妈说。

弗雷迪·马林斯对莫根太太说晚上好，由于他说话时会习惯性地打嗝，以至于他的这句寒暄显得漫不经心。然后，他看到布朗先生正在餐具柜那里朝他笑，就步履相当不稳地朝他走过去，压低了嗓门对他重复起刚才他告诉加布里埃尔的那个故事。

"他还没那么糟糕吧？"凯特姨妈对加布里埃尔说。

加布里埃尔先是紧锁眉头，然后又迅速地舒展开，回答说：

"哦，是啊，几乎看不出。"

"得了，他不是个糟糕的家伙吗！"她说，"他那个可怜的老娘在大年夜里让他发誓戒酒。好了，来吧，加布里埃尔，去客厅吧。"

在和加布里埃尔离开房间之前，她用皱眉和摇晃食指来示意布朗先生要提高警惕。布朗先生点点头答应她，等她走后，对弗雷迪·马林斯说：

"好吧，泰迪，我来给你倒一杯柠檬汁，只是给你提提神哦。"

弗雷迪·马林斯的故事快讲到高潮了，他不耐烦地挥手表示不需要，但布朗先生先是示意他衣着不整，继而倒了满满的一杯柠檬汁递给他。弗雷迪·马林斯用左手机械地接过了杯子，右手在机械地整平他的衣服。布朗先生的面孔再次笑得满是皱褶，给自己倒了一杯威士忌，弗雷迪·马林斯还没有讲到故事

的高潮就爆发出一阵猛烈的狂笑，如尖声怪叫般的笑声自他的
支气管发出，他放下还没喝的、满溢的杯子，左手指关节来回
揉着左眼，重复着他说的最后一句话，在他的笑声允许的范
围内。

安静的客厅里，玛丽·简在弹着学院派乐曲，但加布里埃
尔听不进去，因为里面充满了飞快的节奏和复杂的乐段。他喜
欢音乐，但她弹的这支曲子对他来说没有旋律，他怀疑别的听
众们是否也有这种感觉，尽管他们在邀请玛丽·简再来一曲。
四个年轻人从茶点室出来，站在门口听钢琴声，没过几分钟就
先后悄悄地溜走了。喜欢这音乐的似乎只有两个人，一个是玛
丽·简本人，只见她的手在键盘上飞快地移动，或在弹到休止
符时猛然从键盘上抬起，就像女祭司在念祷词时的动作，另一
个是凯特姨妈，她站在玛丽·简旁边，替她翻乐谱。

加布里埃尔的眼睛受不了打过蜂蜡的地板在沉重的吊灯下
闪烁着光芒，就把视线转移到了钢琴上方的墙壁上。一幅描绘
着《罗密欧与朱丽叶》中的阳台那一幕的油画挂在那里，旁边
挂着一幅两个王子在伦敦塔被杀的画[①]，那是朱莉亚姨妈年轻
时用红、蓝、棕三色绒线绣的。在她们小时候去上的那种学校里，
可能会花一年时间教小姑娘们做这类手工活。他母亲曾为他做
过一件紫色细麻布的背心作为给他的生日礼物，上面还连着一

---

① 维多利亚时代的画家们喜爱的主题，爱德华四世的两个儿子于 1483 年在
伦敦塔遇害，不论是不是理查三世下令处死这两个王子，王子们的死铲平了他
登上王位的障碍。

顶小狐狸头的兜帽，衬着棕色的绸缎里子，上面有深红色的圆纽扣。奇怪的是他母亲没有音乐细胞，尽管凯特姨妈过去常称她为莫根家族的头脑继承者。她和朱莉亚一直为有这么一个严肃又稳重的姐姐而感到骄傲。她的照片就放在穿衣镜前。她手上拿着一本摆在大腿上的摊开的书，向康斯坦丁指着书里的什么内容，康斯坦丁穿着一件水手衫，坐在她的脚边。她儿子们的名字都是她起的，因为她很重视家庭生活的尊严。托她的福，康斯坦丁现在是巴尔布里根的高级牧师，托她的福，加布里埃尔本人获得了皇家大学的学位。当他想起她曾反对过他的婚姻，他的脸上浮起一丝阴影。她还说了一些刻薄的话，想起这些至今仍会让他觉得难过；她有次说格雷塔的可爱是那种属于乡下人的狡诈，但格雷塔根本就不是这样的。是格雷塔在她最后一次生长病期间在他们位于蒙克斯顿的家里悉心照料她的。

他知道玛丽·简肯定快要弹完这支曲子了，因为她在弹完每一小节后都会用全音节快弹的方式重新演奏开场的旋律，当他等待乐曲结束的时候，怨恨在他的心里消失了。这首曲子以高音部的一连串高八度音和低音部的最后一个低八度音收尾。热烈的掌声送给玛丽·简，她红着脸紧张地卷起乐谱，从房间里逃了出去。最热烈的掌声来自站在门口的四个年轻人，他们在这支曲子开始的时候去了茶点室，但是当琴声停止时他们又回来了。

方阵舞安排好了。加布里埃尔发现自己和艾弗斯小姐搭档。她是一个举止大方、健谈的年轻女士，脸上长满雀斑，突出的棕色眼睛。她没有穿低胸的紧身胸衣，领子前面的大胸针上刻

着爱尔兰纹章 ①。

他们就位后，她突然说：

"我有一件事要跟你理论一番。"

"和我？"加布里埃尔说。

她严肃地点点头。

"什么事？"加布里埃尔问，一边对她严肃的态度报以微笑。

"谁是 G.C.② ？"艾弗斯小姐盯着他问道。

加布里埃尔脸红了，还没等他皱起眉头，装作没理解似的，她就直截了当地说开了：

"哦，别装好人了！我发现你在为《每日快报》撰稿 ③。哎，你不为自己感到难为情吗？"

"我为什么要为自己感到难为情？"加布里埃尔问，一边还眨着眼睛微笑。

"好吧，我为你感到难为情，"艾弗斯小姐坦率地说，"你居然为那样的报纸写作。我没想到你是个西英国派 ④。"

加布里埃尔脸上露出困惑的神情。他确实每周三在《每日快报》的文学专栏上写一篇文章，为此得到十五先令的稿酬。但那并没有使他成为一个西英国派。他收到的要写评论的书几

---

① 典型的凯尔特妇女打扮。

② 即加布里埃尔·康罗伊。

③ 1902 到 1904 年间，乔伊斯曾为该报撰写书评，虽然该报的政治立场是亲英派的，但对爱尔兰的问题颇有洞见。

④ 有些爱尔兰人认为爱尔兰是英国西部的延伸。

乎比那张微不足道的支票更受他待见。他喜欢摸书本的封面，喜欢翻刚印刷出来的书页。大学里的教课一结束，他几乎每天都要去码头上逛旧书店，去单身汉街的希基书店，去阿斯顿码头的韦伯或马西书店，或者去小街上的奥克洛希西书店。他不知道如何回答她的指责。他想说文学是超越政治的。但他们已经是多年的老朋友了，而且职业生涯也差不多，先是在大学求学，然后在大学教书：他没法跟她讲大道理。他继续眨眼，尽量保持微笑，语无伦次地嘟囔说，他看不出写书评有任何政治色彩。

当他们跳到交叉换位的时候，他仍然困惑不解、心不在焉。艾弗斯小姐立即热烈地握住他的手，以温和友好的语气说道：

"当然，我只是开个玩笑。来吧，我们来交换位置。"

当他们再次在一起时，她谈起了大学的问题，加布里埃尔感到自在一些了。她的一个朋友给她看了他对勃朗宁的诗写的评论。她就是这样发现这个秘密的，但她非常喜欢这篇评论。然后她突然说：

"哦，康罗伊先生，您今年夏天能来这里游览一下阿兰群岛 ① 吗？我们准备在那儿待上一整个月。大西洋上肯定很好玩的。您应该来。克兰西先生也来的，还有基尔凯利先生和凯萨琳·卡尼。要是格雷塔能来，肯定也会很开心的。她是康纳特人，不是吗？"

"她老家在那里。"加布里埃尔简短地说。

---

① 主要讲爱尔兰语的群岛，被民族主义者认为是保存爱尔兰文化最好的地方。

"但您会来的，不是吗？"艾弗斯小姐说着，伸出温暖的手急切地搂住他的胳膊。

"事实上，"加布里埃尔说，"我刚安排好去……"

"去哪儿？"艾弗斯小姐问道。

"好吧，你知道，每年我都会和一些伙伴去骑自行车旅行，因此……"

"但是去哪里呢？"艾弗斯小姐问道。

"嗯，我们通常去法国、比利时，也或许是德国。"加布里埃尔尴尬地说。

"您为什么要去法国和比利时，"艾弗斯小姐说，"而不是去看看您自己的国家呢？"

"嗯，"加布里埃尔说，"为了多接触外语，也为了换换环境。"

"您难道不能多接触接触自己的母语——爱尔兰语①吗？"艾弗斯小姐问。

"好吧，"加布里埃尔说，"如果说到这个，你知道，爱尔兰语并不是我的母语。"

旁边的舞客们开始注意起他们之间的相互诘问。加布里埃尔紧张地左看看右瞧瞧，尽量控制住他的情绪，尽管这份考验已经让他的额头开始发红。

"难道您没有自己的国家好去游玩吗，"艾弗斯小姐接

---

① 在政治宣传上，为了与英语平起平坐，民族主义者不称其为"盖尔语"，而是"爱尔兰语"。

着说，"那些您还一无所知的地方，您自己的人民，您自己的国家？"

"哦，说实话，"加布里埃尔突然反驳道，"我受够了自己的国家，受够了！"

"为什么？"艾弗斯小姐问道。

加布里埃尔没有回答，因为他的反驳使自己烦躁起来。

"为什么？"艾弗斯小姐重复道。

他们应该一起去看看自己的国家，因为他没有回答她，艾弗斯小姐激动地说：

"当然，您没有答案。"

加布里埃尔试图用起劲的舞步来掩饰自己的烦躁。他回避着她的目光，因为他看见她脸上有一种酸溜溜的表情。但当他们在长长的舞蹈队列中相遇时，他惊讶地感到他的手被紧紧地抓着。她翻着眼睛疑问地看了他一眼，他笑了起来。然后，就在队列即将再次改变时，她踮着脚尖对他耳语道：

"西英国派！"

方阵舞结束后，加布里埃尔走到房间的另一头，弗雷迪·马林斯的母亲坐在那里。她是一个高大的、虚弱的白发老太太。她说话像她儿子一样含糊不清，还有点口吃。有人告诉她弗雷迪也来了，还说他的状态不算特别糟糕。加布里埃尔问她一路上是否顺利。她和她已婚的女儿住在格拉斯哥，每年都会来都柏林拜访一次。她平静地回答说一路上都很顺利，还说船长对她照顾得无微不至。她还谈到她女儿在格拉斯哥住的漂亮房子，以及她们在那边的每一个朋友。在她滔滔不绝地说话时，加布里埃尔在试图把他与艾弗斯小姐之间的不愉快彻底赶出大脑。当然,这姑娘或者这女人,或者不管叫她什么,是个热心肠,但什么事都得讲究个场合呀。也许他不该那样回答她。但她没有权利在大庭广众下称他为西英国派,即便是开玩笑。她就是想让他在众人面前难堪,还用一双兔子似的眼睛盯着他,盘问他。

他看见他的妻子在跳着华尔兹的舞客中穿过,向他走来。她走到他旁边,对他耳语道:

"加布里埃尔,凯特阿姨想知道,你会不会像往年一样切鹅肉。戴利小姐会切火腿,我会切布丁。"

"行啊。"加布里埃尔说。

"等这曲华尔兹一结束,她就会把年轻人送过去,这样餐桌边上就只剩下我们了。"

"你跳舞了吗?"加布里埃尔问道。

"我当然跳了。你没看见我吗?你和莫莉·艾弗斯吵什么呢?"

"没吵什么呀。你为什么这么问?是她这么说的吗?"

"差不多吧。我想让达西先生唱歌。他搭足了架子,我觉得。"

"没有吵架,"加布里埃尔闷闷不乐地说,"只是她想让我去爱尔兰西部旅行,我说我不去。"

他妻子兴奋地搓着双手,稍稍跳了一下。

"哦,去吧,加布里埃尔,"她喊道,"我真想再去戈尔韦湾玩。"

"你想去就去好了。"加布里埃尔冷冷地说。

她看了他一会儿，然后转向马林斯太太说：

"马林斯太太，您瞧瞧我这个丈夫有多好啊。"

当她穿过房间走回去时，马林斯太太没有注意到谈话已被打断，继续告诉加布里埃尔苏格兰有很多美丽的地方，风景也很美。她女婿每年都带她们去湖边钓鱼。她女婿是个钓鱼能手。有天他钓到一条漂亮的大鱼，旅馆里的人用它给她们做了晚饭。

加布里埃尔几乎没听到她在说什么。现在快到晚饭时间了，他又开始思考起了他的演讲和引文。当他看到弗雷迪·马林斯从房间那头向他的母亲走来，加布里埃尔把座位留给他，然后退到飘窗边。房间里已经清空，从后面的房间传来了盘子和刀叉的碰撞声。那些仍留在客厅里的人们似乎厌倦了跳舞，正在三三两两地低声交谈。加布里埃尔温暖颤抖的手指轻敲着冰冷的窗户。外面一定很凉爽！要是能一个人在外面走走该有多好啊，先沿着河边走，然后再穿过公园！树枝上会堆着积雪，惠灵顿纪念碑[①]会戴上一顶雪白的帽子。在外面散步不知道要比在晚餐桌上有趣多少！

他看了一下演讲的提纲：爱尔兰人的好客，悲伤的回忆，美惠三女神，特洛伊王子帕里斯，引用勃朗宁的诗句。他对自己说了一句他曾写在某篇评论里的句子："你感觉就像在听一首折磨思想的音乐。"艾弗斯小姐表扬了他写的这篇评论，她说的是心里话吗？除了那些观点以外，她有自己真正的生活

---

① 纪念惠灵顿公爵的一座巨大的方尖碑，竖立于1817年，即在他获得滑铁卢战役胜利的两年后。惠灵顿出生于都柏林的一个盎格鲁—爱尔兰家庭。

吗？他们之间从来没有过反感，直到那天晚上。想到她会坐在
餐桌旁，用她挑剔的、怀疑的目光看着他说话，他就觉得泄气。
也许看到他演讲失败她不会感到遗憾。他想到一个主意，这给
了他勇气。他会说，其实是对凯特阿姨和朱莉亚姨妈说的："女
士们先生们，我们中间正在走向衰落的那一代人，可能有他们
的缺点，但就我而言，我认为他们具有好客、幽默、善良的优
良品质，而在我们周围正在成长起来的非常严肃的、高学历的
新一代，在我看来恰恰缺乏这些品质。"说得好极了，那是针
对艾弗斯小姐的。他的姨妈们只是两个无知的老太婆，他有什
么好在乎的呢？

　　房间里的一阵窸窸窣窣引起了他的注意。布朗先生从门口
走过来，殷勤地搀扶着朱莉亚姨妈，她靠在他的胳膊上，微笑
着垂着头。一阵此起彼伏的掌声陪她一路走到钢琴边，玛丽·简
在琴凳上就座，朱莉亚姨妈收起笑容，半转过身来，为了把她
的声音均衡地传递到房间里的每一个角落，掌声渐渐平息。加
布里埃尔听出了这支前奏。那是朱莉亚姨妈的保留节目——《打
扮好了等待婚礼》①。她的音色洪亮清晰，以饱满的情绪渲染
了气氛，尽管她唱得很快，但连最小的装饰音都没有遗漏一个。
不看歌手的脸，仅仅跟随着歌声，就能感受和分享到那飞快却
又沉稳的演唱所带来的激情。加布里埃尔在歌曲结束时和别人
一起起劲地鼓掌，从看不见的餐桌那边也传来嘹亮的掌声。掌
声听来是那么的真诚，以至于朱莉亚姨妈的脸上也微微泛红了，

---

① 贝利尼的歌剧《清教徒》中的一首咏叹调。

她弯腰在乐谱架上替换掉那本皮封面上有她的姓名首字母的旧歌本。弗雷迪·马林斯歪着脑袋，为了听得更清楚，大家都停止鼓掌时他仍在鼓掌，一边还兴致勃勃地和他母亲说话，他母亲则严肃而缓慢地点头表示默认。最后，当他再也拍不动手了，他突然站了起来，急急忙忙地穿过房间去朱莉亚姨妈那里，他抓住姨妈的手，用双手握着，他没有说话，或者说口吃令他说不出话来，只是和她握着手。

"我刚跟我妈说，"他说，"我从没听你唱得这么好过，从没。不对，我从来没听过你的声音像今晚这么好听。好了！你现在相信了吗？这是事实。我以我的名誉担保，我说的是事实。我从没听过你的声音那么清新那么……那么清澈那么清新，从没。"

朱莉亚姨妈咧着嘴笑了笑，对他的这番恭维咕哝了几句，一边松开了他的手。布朗先生张开了手朝她伸过去，并像节目主持人对观众介绍天才似的对那些在他旁边的人说道：

"朱莉亚·莫根小姐，我的最新发现！"

在他为自己的这句话开怀大笑时，弗雷迪·马林斯转过身来对他说：

"好吧，布朗，如果你是认真的，你可能会有更糟的发现。我只能说，我从来没听过她唱得像这次这么好的。这是大实话。"

"我也没有，"布朗先生说，"我觉得她的嗓音有了长足的进步。"

朱莉亚姨妈耸耸肩，谦恭而自豪地说：

213

"说起嗓音，三十年前我的嗓子还不坏哩。"

"我经常告诉朱莉亚，"凯特姨妈断然地说，"她在唱诗班只是浪费才华。但她永远也听不进我说的。"

她转过身来，好像要求助于其他人的良知来一起反对这个犟头皮的小孩子似的，朱莉亚姨妈直直地望着她，脸上带着一丝回忆往事的淡淡微笑。

"不，"凯特阿姨接着说，"她不会听任何人的话，也不接受任何人的指挥。她夜以继日地在唱诗班里苦干，夜以继日地。圣诞节的早晨，六点就开始！而这一切都是为了什么？"

"呃，难道不是为了上帝的荣耀吗，凯特姨妈？"玛丽·简从琴凳上转过身来，微笑着问。

凯特姨妈生气地对外甥女说：

"我知道上帝的荣耀，玛丽·简，但我想教皇把一辈子在唱诗班里辛苦工作的妇女们从那里赶出来，用那些狂妄的男孩子来取代她们，这事做得一点都不荣耀。① 教皇这样做我估计是为了教会的利益。但这是不公平的，玛丽·简，这是不对的。"

她越说越激动，还想继续为她妹妹辩护几句，因为她对这事有陈见，但是玛丽·简看到所有的舞客都回来了，就平静地插嘴说：

"得了，凯特姨妈，你这是在让布朗先生看我们的笑话呢。②"

---

① 1903 年，教皇皮乌斯十世禁止妇女加入教堂唱诗班，只允许管风琴作为伴奏。这一命令对女乐师们来说不仅是精神侮辱，也是经济打击。

② 言下之意是让一个新教徒看我们出丑。

　　凯特姨妈转向布朗先生，布朗先生正在为这种对他的宗教信仰的暗示而咧着嘴笑。凯特姨妈急忙说：

　　"哦，我不怀疑教皇是对的。我只是个愚蠢的老太婆，我不会冒昧地去做这种事。但是日常生活中普通的礼貌和感谢还是有必要的。如果我是朱莉亚，我会当面告诉希利神父……"

　　"再说了，凯特姨妈，"玛丽·简说，"我们真的都饿了，人一饿就容易吵架啊。"

　　"人口渴时也容易吵架。"布朗先生补充道。

　　"所以我们最好去吃晚饭，"玛丽·简说，"之后再继续讨论。"

　　在客厅外面的楼梯平台上，加布里埃尔发现他妻子和玛丽·简正在说服艾弗斯小姐留下来吃晚饭。但是艾弗斯小姐已经戴好了帽子，扣上了斗篷，不肯留下来。她一点也不饿，而且她已经在这里待得太久了。

　　"不过只要十分钟，莫莉，"康罗伊太太说，"不会耽误你的。"

　　"你挑几样菜尝尝吧，"玛丽·简说，"毕竟跳了那么多舞。"

　　"我真的没时间了。"艾弗斯小姐说。

　　"我恐怕你玩得一点都不开心。"玛丽·简无奈地说。

　　"我很开心的，我向你保证，"艾弗斯小姐说，"但我现在真的必须走了。"

　　"可你怎么回家呢？"康罗伊太太问道。

　　"哦，沿码头走几步路就到了。"

　　加布里埃尔犹豫了一下后说道：

"艾弗斯小姐，请允许我来送你回家，如果你真的必须走的话。"

但艾弗斯小姐没有领他们的情。

"我不需要，"她喊道，"看在上帝的分上，你们去吃饭吧，别管我了。我能照顾好自己的。"

"好吧，莫莉，你真是个怪脾气的姑娘。"康罗伊太太坦率地说。

"Beannacht libh。[1]"艾弗斯小姐笑着喊道，一面跑下了楼梯。

玛丽·简的目光跟随着她，脸上露出一种困惑的、生气的表情。康罗伊夫人俯身在楼梯扶手上，去听大厅里的门响。加布里埃尔问自己，他是否就是她突然离开的原因。但她似乎并没有心情不好：她是笑着离开的。他茫然地凝视着楼下。

这时，凯特姨妈摇摇晃晃地走出晚餐室，几乎绝望地拧着手。

"加布里埃尔在哪儿？"她喊道，"加布里埃尔到底在哪里？每个人都在那里等着，等他出现，也没人去切鹅！"

"我来了，凯特姨妈！"加布里埃尔突然来了兴致，喊道，"叫我切多少鹅都没问题，如果需要的话。"

一只棕色的肥鹅躺在桌子的一端，另一端在一张皱巴巴的纸上点缀了几把欧芹，放着一只大火腿，外皮已剥去，上面撒着面包粉和胡椒，一张干净的纸包着它的胫骨，旁边放着一圈五香牛肉。在这两端之间平行地放着一排排小菜：两小碟果冻，

---

① 爱尔兰语，再见，上帝保佑你。

红的和黄的；一只浅盘里装满大块的牛奶冻和红果酱，一只叶子形状的、绿色的大盘子，有梗状的柄，上面放着一堆紫色的葡萄干和剥皮杏仁，旁边配套的碟子上放着士麦拿无花果，堆成一个没有缝隙的长方形，一盘奶油蛋糕，上面撒着豆蔻粉，一小碗用金银纸包装的巧克力和糖果，一只玻璃瓶里面插着几棵长茎芹菜。桌子中央放着一盘宛如哨兵的水果，用橘子和美国苹果堆出来的一座金字塔，两只矮胖的、老式的刻花玻璃缸，一只装红酒，另一只装深色的雪利酒。一架合着盖子的方形钢琴上，一只黄色的大盘子里放着布丁在等待他们，后面是三排瓶装的烈性啤酒、淡啤酒和矿泉水，根据瓶子的颜色分开，前两排是黑色的瓶子，上面有棕色和红色的标签，第三排也是最短的一排是白色的瓶子，拦腰系着绿丝带。

加布里埃尔斗胆坐在桌首的位子，看着切肉刀的刀刃，把叉子牢牢地插进鹅的身体。他现在觉得很轻松，因为他是一个切肉专家，他最喜欢坐在一张放满丰盛食物的桌子的首座。

"弗隆小姐，我该为你切一块什么肉呢？"他问，"一块翅膀还是一片胸脯肉？"

"只要一小块胸脯肉。"

"希金斯小姐，你要什么？"

"哦，什么都行，康罗伊先生。"

加布里埃尔和戴利小姐交换了几盘鹅、几盘火腿和几盘五香牛肉，莉莉拿着一盘用白色餐巾纸包着的热腾腾的油炸薯条，穿梭在客人们中间。这是玛丽·简的主意，她还建议吃鹅肉时蘸苹果酱，但凯特姨妈说不蘸苹果酱单单吃烤鹅对她来说就已经足够好了，她还希望她永远都不会比这吃得更差。玛丽·简等着她的学生，看到他们拿到了上好的肉片，凯特姨妈和朱莉亚姨妈打开给男士喝的烈性啤酒和淡啤酒、给女士喝的矿泉水，从钢琴那边把它们拿过来。场面一片混乱，笑声与喧哗声，要这要那或不要这不要那的嚷嚷声，刀叉、软木塞和玻璃瓶盖子的声音。加布里埃尔刚结束第一轮分肉，也没有给自己切上一份，就随即开始了第二轮。在众人的大声抗议下，他勉强喝了一大口烈性啤酒，因为他发现这活还挺累人的。玛丽·简安稳地、默默地吃着晚饭，但凯特姨妈和朱莉亚姨妈还在围着桌子颤颤巍巍地走过来走过去，一个紧跟在另一个的背后，有时会相互挡住道，有时会彼此下命令，尽管这命令对方根本不听。布朗先生请她们坐下来吃晚饭，加布里埃尔也请她们，但她们说还有的是时间，最后，弗雷迪·马林斯站起来，抓住凯特姨妈，把她硬按在椅子里，引得满堂哄笑。

为所有人服务好后，加布里埃尔笑着说：

"好了，如果有人还想要一点俗人所谓的填饱肚子的东西，就尽管告诉我好了。"

大家七嘴八舌地请他开始吃自己的晚餐，莉莉拿来了给他留着的三个土豆。

"很好，"加布里埃尔和蔼可亲地说，他又喝了一口备好的酒，"女士们先生们，请你们暂时忘了我的存在吧。"

他开始吃晚饭，没有参与桌上的人们的谈话，莉莉开始撤走空盘子。谈话的主题是当时在皇家剧院演出的歌剧团。唱男高音的巴特尔·达西先生，一个肤色黝黑的年轻人，留着一撮聪明的小胡子，对剧团里的首席女低音评价非常高，但是弗隆小姐认为她的演唱风格相当粗俗。弗雷迪·马林斯说在圣诞歌舞剧的第二幕里有个黑人酋长，其歌声是他听过的最好的男高音之一。

"你听过他唱吗？"他问坐在桌子对面的巴特尔·达西先生。

"没有。"巴特尔·达西先生漫不经心地回答。

"因为，"弗雷迪·马林斯解释道，"现在我很想听听你对他的看法。我觉得他的嗓音超棒。"

"只有泰迪才能发现真正的好东西。"布朗先生在桌子那头说道。

"为什么他就不能有个好嗓子呢？"弗雷迪·马林斯尖锐地问道，"是不是因为他只是个黑人？"

没人回答这个问题，于是玛丽·简把话题引回正规的歌剧团。她的一个学生给了她一张《迷娘》①的戏票。她说，这当然很好，但这使她想到了可怜的乔治娜·伯恩斯。布朗先生可以回忆起更久以前，回忆起过去常来都柏林演出的古老的意大利歌剧团——提让斯，伊尔马·德·莫尔兹卡，坎帕尼尼，伟大的特雷贝利·朱格里尼，拉韦利，阿拉姆布鲁。他说，在那个时代，都柏林人能够听到一些好东西，比如歌剧。他还说老皇家剧院的顶层楼座以前每晚都是座无虚席的，说到有天晚上一个意大利男高音把《让我像个士兵一样倒下》这首歌连唱了五遍，每一遍都是 C 大调的高音，以及楼座里的小伙子们如何

① 根据歌德的作品改编的一出歌剧。

在激情的驱使下把女主角请出马车，亲自把她送回旅馆。为什么他们现在从来不上演那些伟大的老歌剧，他问，比如《蒂诺拉》《卢克雷齐亚·博吉亚》？因为没有演员有这么好的嗓子，这就是原因。

"哦，好吧，"巴特尔·达西先生说，"我想现在应该也有像以前一样好的歌手的。"

"他们在哪里呢？"布朗先生不屑地问道。

"在伦敦、巴黎、米兰，"巴特尔·达西先生温和地说，"比方说，我觉得卡鲁索就是，即使不比你提到的那些人更好，至少也是一样好的。"

"也许是吧，"布朗先生说，"但我可以告诉你，我对此深表怀疑。"

"哦，花多少钱去听卡鲁索唱歌我都愿意。"玛丽·简说。

"对我来说，"凯特姨妈说，她一直在剔一根骨头，"只有一个男高音。我的意思是说，我觉得好的。但我估计你们都没听说过他。"

"他是谁呀，莫根小姐？"巴特尔·达西先生礼貌地问道。

凯特姨妈说："他的名字叫帕金森。他走红的时候，我听过他演唱。我认为那时的他具有有史以来最纯正的男高音歌喉。"

"奇怪，"巴特尔·达西先生说，"我甚至从没听说过他。"

"是的，是的，莫根小姐说得没错，"布朗先生说，"我记得我听过老帕金森演唱，但我觉得他太老派了。"

"优雅纯正、甜美圆润的英国男高音。"凯特姨妈激动地说。

加布里埃尔吃完了，巨大的布丁被端到了桌子上。叉子和勺子的咔嚓声又开始了。加布里埃尔的妻子把布丁分成一小块一小块，然后把布丁盘依次传递下去。传到半中间被玛丽·简拦了下来，她给布丁加上了红莓或橘子果冻，或者牛奶冻和果酱。布丁是朱莉亚姨妈做的，她得到了在座所有人的赞扬。她自己说布丁的棕色做得还不够深。

"好吧，我希望，莫根小姐，"布朗先生说，"我的棕色对你来说已经足够深了，因为你知道，我整个人都是棕色的。[①]"

所有的先生们，除了加布里埃尔，都吃了一些布丁来表达对朱莉亚姨妈的敬意。因为加布里埃尔从来不吃甜食，所以大家把剩下的芹菜全都给了他。弗雷迪·马林斯也叉了一根芹菜，和布丁一起吃。人家告诉他芹菜对血液循环有好处，而他当时正在接受医生的治疗。马林斯太太在整个晚饭时间都很安静，说她儿子一周左右后要去梅勒里山[②]。于是，餐桌上的众人开始谈论起梅勒里山，说山里的空气有多么清爽，说山里的修道士有多么好客，说他们从来不会向访客要一分一厘。

"你的意思是说，"布朗先生怀疑地问，"你可以去那里住下，就像住旅馆一样，享用那里的土特产，然后一个子也不付就拍拍屁股走人吗？"

"哦，大多数人走的时候都会给修道院里捐一点钱。"玛丽·简说。

"我希望我们的教会也有这样的惯例。"布朗先生坦率地说。

---

① 这是一句俏皮话，因为他姓布朗（Browne），而布朗的意思即棕色。

② 沃特福德郡山区的西多会修道院，那里的修道士遵守保持沉默的教规，但并不睡在棺材里。

　　他惊讶地听到那里的修道士从来不说话，他们每天凌晨两点起床，晚上就睡在棺材里。他问他们为什么要这么做。

　　凯特姨妈肯定地说："这是修道院里的规矩。"

　　"是的，但是为什么呢？"布朗先生问道。

　　凯特姨妈重复说这是规矩，仅此而已。布朗先生似乎仍不明白。弗雷迪·马林斯向他解释，尽其所能地解释，修士们是在尽量为大千世界里所有罪人犯下的罪行赎罪。布朗先生觉得这样的解释不太清楚，就笑着说道：

　　"我很欣赏这个想法，但舒适的弹簧床不是和棺材一样管用吗？"

　　"棺材，"玛丽·简说，"是为了提醒他们最后的结局。"

　　当这个话题变得太沉闷时，大家就用一阵沉默来结束了它，而此时可以听到马林斯太太在对她的邻座模糊地低语：

　　"他们是非常好的人，那些修道士，都非常虔诚。"

　　此时，葡萄干、杏仁、无花果、苹果、橙子、巧克力和糖果在桌子上传过来传过去，朱莉亚姨妈邀请所有客人喝红酒或雪利酒。巴特尔·达西先生一开始拒绝了这两种酒，但他的一个邻座用胳膊肘捅了他一下，并悄悄地对他说了些什么，他就让朱莉亚姨妈把他的酒杯倒满了。随着最后的几个杯子被斟满，谈话也结束了。接着是一片宁静，只有喝酒声和椅子的嘎吱声偶尔会打破它。三位莫根小姐，全都低头看着桌布。某个人咳嗽了一两声，然后有几位先生轻轻地拍拍桌子，示意大家安静。房间里安静下来，加布里埃尔把椅子往后推了一下，站了起来。

　　拍桌声立刻变得越来越响了，以此表示对他的鼓励，然后全部停下来。加布里埃尔用十根颤抖的手指按住桌布，紧张地对大家微笑。看到一排仰着的脸在看着他，他就抬起眼睛看着吊灯。钢琴在弹奏一支华尔兹乐曲，他能听到裙子拂过客厅门的声音。屋外，也许有人正站在码头的积雪里，抬头凝视着亮着灯光的窗户，一边听着华尔兹音乐。外面的空气是那么纯净。远处有一座公园，公园里的树木被积雪压弯了枝条。惠灵顿纪念碑戴着一顶闪闪发光的白雪帽，而西面的那片十五英亩的雪地也在闪着白光。

他开始说：

"女士们先生们——

像往年一样，今晚我责无旁贷地来完成这项愉快的任务，但我恐怕我那可怜的演讲水平是完全无法胜任这项任务的。"

"不，不！"布朗先生说。

"但是，不管怎么说，今晚我只能请你们接受我想做这件事的诚意，请你们把注意力集中起来听我说上一小会儿，让我尽量用语言向你们表达出我对这件事的感受。

"女士们先生们，这不是我们第一次会聚在这个好客的屋顶下，围着这张好客的餐桌。这也不是我们第一次做受邀请者……也或许，我最好说，是做受害者，做某些好心的女士们的款待的受害者。"

他用胳膊在空中画了一个圈，然后停了下来。大家都笑了，或者是对着凯特姨妈、朱莉亚姨妈和玛丽·简微笑，她们全都高兴得满脸通红。加布里埃尔更大胆地说：

"年复一年，我越来越强烈地感觉到，我们的国家没有一种传统能像好客的传统那么荣耀，我们应该小心翼翼地保护好这种传统。这是一个独特的传统，就我在一些现代国家的经历而言（我去过国外的不少地方）。有人会说，也许，这对我们而言与其说是一种夸耀，还不如说是一种失败。但就算这种说法没错，在我看来，这也是一种高贵的失败，而且我相信，这种传统会在我们中间长期培养。至少，有一件事我能确信。只要这个屋顶为我前面提到的那些好女人遮风挡雨——而且我也衷心希望它在未来的岁月里也能一直如此——热心肠的、有礼貌的、正宗的爱尔兰人的热情好客的好传统，我们的祖先传下来的好传统，我们必须传给我们的后代，仍然活在我们中间。"

桌上传来一阵表示同意的低语。加布里埃尔突然想到艾弗斯小姐不在这里，她已经有失体统地走掉了。他充满自信地说：

"女士们先生们——

新的一代正在我们中间成长，这一代人接受的是新思想和新原则。他们严肃地、热情地对待这些新思想，即便它被误导，这股新思想的热潮，我相信，本质是诚恳的。但我们生活在一个怀疑的时代，请允许我使用这样的一个说法，一个折磨思想的时代：有时我担心，这个新一代，受过教育或受过高等教育的，会缺乏那种属于旧时代的人道的、好客的、宽厚仁慈的品质。今晚听到这些过去的伟大歌唱家们的名字，我觉得，我必须承认，我们生活在一个比较狭隘的时代。以前的时代，不夸张地说，可以被称为一个宽松的时代。如果这样的时代已经遥远得令我们无法想起，那么就让我们希望，至少在像今天这样的聚会上，我们还会带着骄傲和敬意说起它们，在我们的心里仍然珍藏着对那些逝去的伟人们的记忆，这个世界是不会心甘情愿地让他们的荣誉就此消失的。"

"说得好啊！"布朗先生大声地说。

"可是，"加布里埃尔继续说，他的声音变得更为柔和了，"在这样的聚会中，总有一些比较悲哀的想法会浮现在我们的脑海里：关于过去，关于青春，关于变革，关于今晚我们在这里思念着的那些缺席的面孔。在我们走过的人生道路上，充满了这样悲伤的回忆：我们是否会一直沉溺于这种思想，从而找不到勇气去继续我们在人世间的工作呢？我们每个人都有生活的责任和生活的感情，它要求我们，它有权要求我们，为生活付出不懈的努力。

"因此，我不会留恋过去。我不会让任何沉闷的道德说教在今天晚上来骚扰我们。我们在这里短暂地相聚，这是我们从忙忙碌碌的日常生活中抽取的一小段时间。我们在这里与朋友聚会，本着友好的精神，作为同僚，在某种程度上，本着志同道合的精神，作为……我该怎么称呼她们？……都柏林音乐界的美惠三女神邀请来的客人。"

听到这个比喻，桌子上爆发出一阵掌声和笑声。朱莉亚姨妈带着几分虚荣向她的邻座们一一询问加布里埃尔在说些什么。

"他说我们是美惠三女神，朱莉亚姨妈。"玛丽·简说。

朱莉亚姨妈不明白，但她抬起头来，微笑地看着加布里埃尔，他以同样的语调继续说道：

"女士们先生们，

"我今晚不想扮演帕里斯在另一场合扮演的角色。^①我不会试图在她们之间做出选择。这个任务将会令人反感，而且也超出了我可怜的能力范围。因为当我依次评价她们，不管是我们的女主人自己，她的好心，她那颗太善良的心，这句话已经成为所有认识她的人的口头禅，或是她的妹妹，她似乎拥有永恒的青春，她今晚的演唱一定给我们大家带来了惊喜和启示，或者是，最后但并非最不重要的是，当我考虑如何评价我们那位最年轻的女主人——才华横溢，乐观开朗，勤奋工作，最棒的一个侄女，我承认，女士们先生们，我不知道我应该把奖品颁给她们中的哪一个。"

加布里埃尔低头看了一眼姨妈们，看到朱莉亚姨妈的脸上挂着开怀的笑容，看到凯特姨妈眼里的泪水，就赶紧要结束他的演讲。他豪爽地举起酒杯，在场的所有人也都拿起酒杯，期待他继续说下去。他大声地说道：

"让我们一起为她们三位干杯。让我们为她们的健康、富有、长寿、快乐和好运干杯，愿她们长久保持住她们的骄傲，以及凭她们的能力获得的职业地位，以及她们在我们的心里占据的荣耀和感情的地位。"

所有的客人都站了起来，手里举着杯子，朝三位坐着的女士们转过身去，齐声歌唱起来，布朗先生是领唱：

---

① 帕里斯是特洛伊王子，在希腊神话里，帕里斯曾作为裁判来判断三女神中哪一位最美。

因为她们是快乐的朋友，
因为她们是快乐的朋友，
因为她们是快乐的朋友，
没人能够否认。

凯特姨妈拿起手帕抹眼泪，就连朱莉亚姨妈也深受感动。弗雷迪·马林斯用他的布丁叉打拍子，歌手们互相对视，仿佛在参加一场大合唱，他们卖力地唱道：

除非他说谎，
除非他说谎。

然后，他们再次转向女主人们，唱道：

因为她们是快乐的朋友，
因为她们是快乐的朋友，
因为她们是快乐的朋友，
没人能够否认。

喝彩声传到了晚餐室的门外，许多别的客人也纷纷鼓起掌来，掌声此起彼伏，弗雷迪·马林斯高举叉子当指挥。

凌晨的刺骨寒气吹入他们站着的大厅，于是凯特姨妈说：

"谁去关一下门吧。马林斯太太会冻死的。"

"布朗在外面,凯特姨妈。"玛丽·简说。

"布朗无处不在。"凯特姨妈低声说。

听她的口吻,玛丽·简笑了起来。

"真的,"她俏皮地说,"他真是个古道热肠的人。"

"他就像煤气一样被安装在这里了,"凯特姨妈以同样的口吻说,"在整个圣诞节期间。"

这次她自己笑得很开心,然后又很快补充说:

"但是你去叫他进来,玛丽·简,把门关上。上帝保佑,我希望他没听见我说的。"

这时大厅的门开了,布朗先生从门前的台阶上进来,笑得好像他的心都要碎了。他穿着一件袖口和领口仿阿斯特拉罕羔皮的绿色长大衣,头上戴着一顶椭圆形的皮帽子。他手指着白雪覆盖的码头,一声绵长的、尖厉的哨声从那里传过来。

"泰迪会把都柏林所有的出租车都叫出来的。"他说。

加布里埃尔从书房后面的餐具室里走出来,吃力地穿上大衣,环顾了一眼大厅,说道:

"格雷塔还没下来?"

"她正在穿衣服,加布里埃尔。"凯特姨妈说。

"谁在上面弹琴?"加布里埃尔问。

"没人。他们都走了。"

"哦,不,凯特姨妈,"玛丽·简说,"巴特尔·达西和奥卡拉汉小姐还没走。"

"反正有人在鼓捣钢琴。"加布里埃尔说。

玛丽·简瞥了加布里埃尔和布朗先生一眼,颤抖地说:

"看你们两位先生裹得那么厚,我觉得好冷啊。我可不愿意在这个时间走一段你们回家的路。"

"我现在最想做的事莫过于,"布朗先生坚定地说,"嘎吱嘎吱地在乡间散步,或者坐一辆马车在乡间飞奔。"

"我们家以前有一匹很好的马和一辆很好的马车。"朱莉亚姨妈说。

"永远不会被忘记的约翰尼。"玛丽·简笑着说。

凯特姨妈和加布里埃尔也笑了。

"怎么回事,约翰尼有什么了不起的?"布朗先生问道。

"已故的帕特里克·莫根,就是我们的祖父,"加布里埃尔解释说,"晚年时大家都称他为老先生,曾是一个熬胶水的。"

"哦,得了,加布里埃尔,"凯特阿姨笑着说,"他有一个淀粉厂。"

"好吧,不管它是胶水还是淀粉,"加布里埃尔说,"老先生有匹马叫作约翰尼。约翰尼以前在老先生家的磨坊干活,一圈又一圈地推磨。一切都很好,但接着就到了约翰尼的悲剧部分。在一个晴朗的日子里,老先生想把马车拉到公园里让大家检阅一下。"

"上帝怜悯他的灵魂。"凯特姨妈同情地说。

"阿门,"加布里埃尔说,"于是这位老先生,就像我说的,给约翰尼系上缰绳,戴上自己最好的高顶礼帽和最好的硬领,大摇大摆地从他家的祖居里驾车而出,他的祖居大概在后巷附近。"

听到加布里埃尔这么说，大家都笑起来，就连马林斯太太也笑了。凯特姨妈说：

"哦，得了，加布里埃尔，他不是住在后巷的，真的。只不过磨坊是在那儿。"

"从他祖先的宅邸里出来，"加布里埃尔接着说，"他骑在约翰尼的背上。开始一切都很顺利，直到约翰尼看到比利国王的雕像^①，不知道它是爱上了比利国王的坐骑呢还是它以为自己又回到了磨坊，总之它开始绕着雕像兜圈子。"

加布里埃尔穿着套鞋在众人的欢笑声中绕着大厅兜圈子。

"它兜啊兜的，"加布里埃尔说，"而那位老先生，他是一个非常傲慢的老先生，气得要死。'走吧，老兄！你什么意思啊，老兄？约翰尼！约翰尼！你这样有点过分了！我真没法理解马儿！'"

加布里埃尔模仿这一事件后，众人爆发出一阵笑声，但笑声随即被大厅门上传来的一阵响亮的敲门声打断了。玛丽·简跑过去开门，让弗雷迪·马林斯进来。弗雷迪·马林斯，帽子歪戴在后脑勺上，冷得佝肩缩背，累得气喘吁吁。

"我只叫到了一辆出租车。"他说。

"哦，我们可以在码头边再叫一辆的。"加布里埃尔说。

"是的，"凯特姨妈说，"最好别让马林斯夫人站在穿堂风里。"

马林斯太太在儿子和布朗先生的搀扶下走下门前台阶，费

---

① 即威廉三世（King William III，1650—1702）的雕像。

了好一番周折后钻进了出租车里。弗雷迪·马林斯跟在她后面上了出租，花了好长时间才把他妈在座位上安顿好，布朗先生在旁边帮着出主意。马林斯太太终于在座位上舒服地坐好了，弗雷迪·马林斯邀请布朗先生上车。说了一番曲里拐弯的客套话后，布朗先生这才上了出租车。马车夫把毯子铺在膝盖上，弯下腰去问地址。场面越来越混乱，弗雷迪·马林斯和布朗先生各自从马车的一侧窗户里探出头来，分别告诉车夫两个不同的地址。困难在于不知道该把布朗先生沿路放到哪里下车，凯特姨妈、朱莉亚姨妈和玛丽·简也在门阶上七嘴八舌，她们的说法互相矛盾，还夹杂着嘻嘻哈哈。至于弗雷迪·马林斯，他已笑得说不出话来。他时不时地把头探出窗外，每次都差点掉落帽子，告诉了他母亲争论的进展情况，直到最后布朗先生对那个在大家的笑声中不知所措的马车夫嚷道：

"你认识三一学院吗？"

"是的，先生。"马车夫说。

"那好，先开到三一学院的大门口，"布朗先生说，"然后我们会告诉你去哪里。你现在明白了吗？"

"是的，先生。"马车夫说。

"那就向着三一学院全速前进吧。"

"好的，先生。"马车夫说。

那匹马被抽了一鞭子，出租马车在一片欢笑和告别声中沿着码头吱吱嘎嘎地驶去。

加布里埃尔没有和其他人一起到门口去。他站在大厅的一个黑暗角落里，凝视着楼梯。一个女人站在第一级楼梯的顶头附近，那里也很阴暗。他看不见她的脸，但他能看到她的酱紫和橘红色的格子裙，在阴暗的背景下它仿佛是黑白格子的。那是他的妻子。她靠在栏杆上，听着什么。加布里埃尔惊讶于她一动不动地站在那里，于是他也竖起耳朵听。但除了门前台阶上的欢笑和吵闹声、一架钢琴上奏出的几个和弦、某人唱出的几个音符之外，他啥也听不见。

他一动不动地站在大厅的阴暗处，尽力地去听，想要听出那人在唱什么歌，同时抬头凝视着他的妻子。她的神态既优雅又神秘，好像她是某种东西的象征。他问自己，一个女人站在楼梯的阴影里，谛听着缥缈的音乐，这象征了什么。如果他是个画家，他会把她的这副神态画出来。她的蓝色毡帽在阴暗中能突显出她那头古铜色的秀发，她裙子上的深色格子会突显出浅色的格子。《遥远的乐声》，如果他是个画家，他会给这幅画起这么个名字。

大厅的门关上了，凯特姨妈、朱莉亚姨妈和玛丽·简从大厅里出来，脸上仍挂着笑容。

"嗯，弗雷迪不糟糕吗？"玛丽·简说，"他真的太糟糕了。"

加布里埃尔什么也没说，只是指了指楼梯上他妻子站着的地方。此时大厅的门已关上，声音和钢琴声听得更清楚了。加布里埃尔举起手，示意她们安静。这首歌似乎是用爱尔兰的古老调子唱的，歌手似乎对歌词和自己的嗓音都没什么自信。歌声因遥远的距离和歌手的嘶哑嗓门而显得哀怨，幽咽的旋律和歌词表达出一种悲伤的情绪：

哦，雨水落在我浓密的发绺

露水沾湿了我的肌肤，

我的宝贝儿寒冷地躺在那儿……

"哦，"玛丽·简叫道，"这是巴特尔·达西在唱，他不会整晚都唱的。哦，他走之前我要让他唱一首歌。"

"哦，玛丽·简，你一定要让他唱。"凯特姨妈说。

玛丽·简穿过众人，跑向楼梯，但还没等她走到那里，歌声就停止了，钢琴也突然合上了。

"啊，真是可惜！"她喊道，"他下来了吗，格雷塔？"

加布里埃尔听到他妻子回答说是的，看见她下楼朝他们走来。在她身后几步的是巴特尔·达西先生和奥卡拉汉小姐。

"哦，达西先生，"玛丽·简喊道，"你就这么结束真是太可惜了，我们正听得入迷呢。"

"我整晚都在说服他，"奥卡拉汉小姐说，"还有康罗伊夫人。他告诉我们他得了重感冒，不能唱歌。"

"哦，达西先生，"凯特姨妈说，"你这个小谎撒得好。"

"你听不出我嗓子哑得像乌鸦吗？"达西先生粗暴地说。

他匆匆走进餐具室，穿上大衣。其余人被他这句粗鲁的话吓得哑口无言了。凯特姨妈皱起眉头，示意大家别把它放在心上。达西先生站着，小心地捋着脖子，皱着眉头。

"是天气关系。"朱莉亚姨妈停顿了一下说。

"是的，人人都感冒了，"凯特姨妈爽快地说，"都感冒了。"

"人家说，"玛丽·简说，"已经有三十年没下过这样的雪了。

我今早还在报纸上看到整个爱尔兰都在下雪。"

"我喜欢雪花的样子。"朱莉亚姨妈哀伤地说。

"我也是，"奥卡拉汉小姐说，"我认为圣诞节要是地上没有积雪，就不能算是圣诞节。"

"但可怜的达西先生不喜欢下雪。"凯特姨妈微笑着说。

达西先生从餐具室走出来，全身裹得严严实实，每一粒纽扣都扣好了，以抱歉的口吻告诉他们他是怎么得的感冒。每个人都给了他建议，都说为他感到难过，并敦促他要当心喉咙，不要受了夜晚的寒气。加布里埃尔看着他妻子，她没有加入他们的对话。她就站在灰尘扑扑的扇形气窗下，煤气灯的火光照亮了她浓密的古铜色头发，前几天他还看到她在灯前烤干头发。她的神情没变，似乎不知道别人在谈论她。她终于转过身来对着他们，加布里埃尔看到她的脸颊上有了血色，她的眼睛在闪闪发光。突然间，一阵喜悦的潮水涌出了他的心田。

"达西先生，"她说，"你刚才唱的那首歌叫什么名字？"

"叫《奥格里姆的少女》①，"达奇先生说，"但我记不太清了。怎么啦？你听过？"

"《奥格里姆的少女》，"她重复道，"我想不起来这个歌名了。"

"这首歌的曲调很优美，"玛丽·简说，"我很抱歉你今晚嗓子出了毛病。"

---

① 奥格里姆是格雷塔的故乡戈尔韦市东面的一座村庄，这首歌是由苏格兰传入爱尔兰的一首民谣，前文所引的歌词讲述少女乞求她的情郎将她和他们的孩子迎回家，但她不知道的是情郎的母亲已下定决心要拆散他们。

"得了，玛丽·简，"凯特姨妈说，"别打搅达西先生了。我可不允许别人去打搅他。"

她看到一切都准备好了，就把他们带到门口，互相道别：

"好吧，晚安，凯特姨妈，谢谢你，今晚过得真愉快。"

"晚安，加布里埃尔。晚安，格雷塔！"

"晚安，凯特姨妈，非常感谢。晚安，朱莉亚姨妈。"

"哦，晚安，格雷塔，我才看见你。"

"晚安，达西先生。晚安，奥卡拉汉小姐。"

"晚安，莫根小姐。"

"再对你说一声晚安。"

"大家晚安。一路平安。"

"晚安。晚安。"

早晨，天还很暗。一层昏暗的、黄色的光晕笼罩着房屋和河流；天空似乎在下沉。脚下一片泥泞，屋顶上只有成片的积雪，码头的围墙和护栏上也是。灰蒙蒙的背景里，煤气灯依然点得通红。河对岸，爱尔兰中央法院的宫殿险峻地矗立在阴沉的天空下。

她和巴特尔·达西先生走在他前面，她的鞋子放在一只棕色的袋子里夹在腋窝，两只手提着裙子不让它沾到泥泞。她不再有任何优雅的神态，但加布里埃尔的眼神依然明亮、幸福。血液在他的血管里快速流动，思想在他的脑子里翻腾，他骄傲，他快乐，他温柔，他勇敢。

她在他前面走得那么轻快，腰板挺得那么直，他想悄悄地追上她，抓住她的肩膀，在她耳边说些充满感情的傻话。他觉得她非常脆弱，他渴望保护她，然后和她单独在一起。他们在一起生活的亲密时刻在他的记忆里犹如星光闪耀。他的早餐杯旁放着一只丁香紫的信封，他用手抚摸着它。鸟儿在藤蔓间啁啾，阳光透过窗帘在地板上闪烁：他太幸福了，连早饭都不想吃了。他们站在拥挤的站台上，他把一张票塞进她戴着手套的温暖掌心里。他和她一起站在寒冷中，透过一扇窗格子望着在呼呼作响的炼炉里做瓶子的一个男人。天气很冷。她的脸，在寒冷的空气中散发出芳香，离他很近；突然，他向炉边的人喊道：

"先生，火热吗？"

但是炉子声音太吵，那人听不见他的话。这样倒也好。他的回答也许会很粗鲁。

他心中涌出一股更温柔的喜悦，在温暖的血液中沿着血管往前奔流。就像他们在一起生活的那种星光闪耀的温柔瞬间，没有人知道，或者说永远不会有人知道他们的生活，分割成一块块碎片照亮了他的记忆。他渴望让她回忆起那些瞬间，让她忘记他们在一起的沉闷岁月，只记得陶醉的时刻。多年来，他觉得，自己的或她的灵魂并没有消沉下去。他们的孩子、他的写作、她的家务活并没有浇灭他们灵魂里的温情之火。在他以前写给她的一封信里，他说："为什么像这样的词句在我看来是那么枯燥和冷酷？难道就没有什么词句能配得上你的温柔吗？"

他几年前写的这些话就像遥远的音乐从过去飘到他面前。他渴望和她单独在一起。当大家都离开后，当他和她待在宾馆的房间里，这样他们就能单独在一起了。他会轻轻地叫她：

"格雷塔！"

也许她不会立刻听到，也许她在换衣服。然后，他的声音里有什么东西会打动她。她会转过身来看着他……

在酒馆街的拐角处，他们看见了一辆出租车。他很高兴听到嘚嘚的马车声，这样他就能从谈话中解脱出来。她看着窗外，看起来很疲劳。其他人只说了几句话，指出了一些建筑物或街道。那匹马疲惫不堪地行走在阴暗的晨曦里，身上拉着嘎吱作响的旧车厢，加布里埃尔又和她一起坐在出租车里了，飞奔着去乘船，飞奔着去度蜜月。

当出租马车驶过奥康奈尔桥时，奥卡拉汉小姐说：

"人家说经过奥康奈尔桥的时候一定会看到一匹白马。"

"这次我看到的是一个白人。"加布里埃尔说。

"在哪里？"巴特尔·达西先生问道。

加布里埃尔指了指雕像，雕像上覆盖着一片片的雪。然后他像见到老朋友似的对它点点头，挥挥手。

"晚安，丹。"他高兴地说。

出租马车在旅馆门前停下后，加布里埃尔随即跳下来付了车费，尽管巴特尔·达西先生不同意。他给了车夫一先令小费。那人敬了个礼说：

"祝您新年好运，先生。"

"也祝您。"加布里埃尔亲切地说。

她在他胳膊上靠了一会儿才下了车，站在路边，对其他人道晚安。她轻轻地靠在他的胳膊上，就像几小时前她和他跳舞时那样。那时他感到骄傲和幸福，幸福是因为她属于他，骄傲是因为她的举止优雅又贤淑。但是现在，再次点燃那么多的回忆之后，一碰到她的身体，音乐、神奇、芬芳，一股强烈的情欲涌上他的心头。在她的沉默的掩护下，他把她的胳膊紧紧地搂在他身边；他们站在旅馆门口，他感觉他们已经摆脱了生活和责任，逃离了家庭和朋友，带着狂野而闪亮的心开始了一段新的冒险。

大厅里一位老人坐在一张带椅套的大椅子上打瞌睡。他点燃了前台的蜡烛，领他们上楼。他们一声不吭地跟在他后面，他们的脚轻轻地踏着铺着厚地毯的楼梯。她跟在门房后面走上楼梯，低着头，虚弱的肩膀佝偻得像是背着重担，裙子紧紧地贴在身上。他本可以挥手抚住她的屁股，紧紧地搂住她，因为他的胳膊因渴望搂住她而颤抖，只得用指甲紧紧掐住手掌来控制住身体的狂野冲动。门房在楼梯上稍作停顿，摆弄好流泪的蜡烛。他们也在他后面停在了楼梯上。寂静中，加布里埃尔能听到蜡烛油滴落在托盘里的声音，以及他自己的心跳撞击着肋骨的砰砰声。

门房领着他们穿过走廊，打开了一扇门。然后他把那支已融得不成样子的蜡烛放在卫生间的台盆架上，问他们明天要几点叫早。

"八点。"加布里埃尔说。

门房指着电灯的开关，开始低声地道歉，但加布里埃尔打断了他的话。

"我们不需要什么电灯。外面的光线足够了。要我说，"他指着蜡烛补充道，"你可以把那个漂亮玩意拿走了，拜托。"

　　门房又拿起蜡烛，但动作迟缓，因为他被这么新奇的想法惊呆了。然后他咕哝着道晚安，走了出去。加布里埃尔锁好房门。

　　街灯的幽光以一条长长的光柱从一扇窗户投射到房门上。加布里埃尔把大衣和帽子扔在长椅上，穿过房间朝窗户走去。他低头看着街上，为了使自己的情绪平静下来。然后他转身靠在一只五斗橱上，背对着光线。她脱掉了帽子和斗篷，站在一面旋转的大镜子前，解开了腰带。加布里埃尔停了一会儿，看着她，然后说：

　　"格雷塔！"

　　她慢慢地从镜子前转过身来，沿着长条的光线向他走去。她脸上显得那么严肃和疲倦，加布里埃尔紧闭着嘴唇。不，现在还不是时候。

　　"你看起来很累。"他说。

　　"有一点。"她回答。

　　"你没觉得病了，或者乏力吧？"

　　"没有，我只是累了。"

　　她走到窗前，站在那里向外看。加布里埃尔再次等待，然后担心起自己会被这份淡漠征服。他突然说：

　　"对了，格雷塔！"

　　"怎么啦？"

　　"你认识那个可怜的马林斯吗？"他快速地说。

　　"认识。他怎么啦？"

　　"好吧，可怜的家伙，他毕竟是个正派的小伙子，"加布里埃尔用假嗓子继续说，"他把我借给他的那枚金币还给了我，我真的没想到。可惜他不肯离开那个布朗，因为他不是个坏人，真的。"

他现在因烦恼而发抖。为什么她看起来如此心不在焉？他不知道怎么开口。她也在为什么事烦恼吗？要是她能转过来看着他或者主动朝他走过来就好了！像现在这样去抱住她就太生硬了。不，他必须首先在她的眼里看到一些激情。他渴望成为她喜怒无常的情绪的驾驭者。

"你什么时候借给他英镑的？"她停顿了一下，问道。

加布里埃尔竭力克制自己，不让自己用粗鲁的语言来说酒鬼马林斯和他的英镑。他渴望从他的灵魂深处向她呼喊，渴望把自己的身体压在她的上面，渴望成为她的主宰。但他说：

"哦，在圣诞节的时候，当时他在亨利街开了一家卖圣诞贺卡的小店。"

他勃然大怒，心急如焚，根本没听见她从窗口走来。她在他面前站了一会儿，奇怪地看着他。然后，突然踮起脚尖，把双手轻轻地放在他的肩膀上，她吻了他。

"加布里埃尔，你真是个慷慨的人。"她说。

加布里埃尔，因她突然的吻和她的怪话而高兴地发抖，把手放在她的头发上，把它往后面抚平，几乎没用手指碰它。她的头发洗得很干净，很柔滑。他的心里洋溢着幸福。就在他满心希望的时候，她主动来找他。也许她的想法和他不谋而合。也许她感觉到了他内心的迫切欲望，于是就屈服了。现在她这么容易就迎上来了，他很纳闷自己刚才为什么这么犹豫不决。

他站着，双手抱着她的头。然后，一只手臂迅速地滑出去搂住她的身体，把她拉到近前，嗫嚅地说：

"格雷塔，亲爱的，你在想什么？"

她没有回答，也没有完全受他的摆布。他又嗫嚅说：

"告诉我怎么了，格雷塔。我想我知道是怎么回事。我知道吗？"

她没有立即回答。然后，她突然哭着说：

"哦，我在想那首歌，《奥格里姆的少女》。"

她从他身上挣脱，向床奔去，伸出双臂穿过床栏杆，把脸藏了起来。加布里埃尔诧异地一动不动地站了一会儿，然后向她走去。当他经过旋转的穿衣镜时，他看到了自己的全身，看到了他那宽大的、结实的胸膛，看到了在照镜子时总是使他自己感到不解的表情，看到了闪闪发光的金属框眼镜。他在离她几步远的地方停了下来，说：

"这歌怎么啦？为什么会让你哭？"

她把埋在手臂里的头抬起来，像个孩子似的用手背擦干眼泪。他的声音里有了一种自己都没想到的温柔。

"怎么啦，格雷塔？"他问。

"我想起了一个很久以前常常唱那首歌的人。"

"很久以前的那个人是谁？"加布里埃尔微笑着问。

"我以前在戈尔韦认识的一个人，那时我是和奶奶一起生活的。"她说。

加布里埃尔脸上的笑容消失了。一阵沉闷的怒火开始在他的内心里集聚，他那沉闷的情欲之火开始在他的血管里愤怒地燃烧。

"是你当时爱着的人？"他讽刺地问道。

"是我以前认识的一个小男孩，"她回答说，"叫迈克尔①·弗雷。他以前常唱那首歌，《奥格里姆的少女》。他非常敏感。"

加布里埃尔沉默了。他不希望她认为他对那个敏感的小男孩感兴趣。

"他仿佛就在我的眼前，"她过了一会儿说，"他有这样一双眼睛：又大又黑的眼睛！眼睛里有这样一副表情……一副表情！"

"呃，于是，你就爱上他了？"加布里埃尔说。

"我在戈尔韦的时候，经常和他一起出去散步。"她说。

一个念头掠过加布里埃尔的脑海。

"也许这就是你想和艾弗斯一起去戈尔韦的原因？"他冷冷地说。

她看着他，惊讶地问道：

"去干吗？"

她的目光使加布里埃尔感到尴尬。他耸耸肩说：

"我怎么知道？去看看他，也许。"

她的视线从他身上移开，默默地沿着地上的那道光柱朝窗户望去。

"他死了，"她终于说，"他十七岁时就死了。这么年轻就死了，是不是很糟糕？"

---

① "迈克尔"名字源自《旧约》中的大天使圣米迦勒，意为"与神相似者"。

"他是干什么的？"加布里埃尔仍然讽刺地问道。

"他在煤气厂上班。"她说。

加布里埃尔因他的讽刺失败而觉得丢脸，为他唤起了一个亡灵、一个在煤气厂干活的男孩而觉得丢脸。当他沉浸在对他们在一起的亲密生活的回忆里时，他的回忆充满了柔情、欢乐和欲望，她却一直在心里把他和另一个人做着比较。他的心里涌起了一股鄙视自己的人格的意识。他把自己看成是一个可笑的家伙，一个为自己的姨妈们跑腿的小人物，一个神经质的、好心的、多愁善感的人，对着一帮庸人做演讲，把自己的粗俗肉欲理想化，他在镜子里一眼瞥见的那个既狂妄又可怜的家伙。他本能地背对着阳光，免得她看到在他的额头上燃烧着的羞耻。

他试图保持冷淡的审问语气，但他说出来的话既谦卑又平稳。

"我想你是爱上了这个迈克尔·弗雷，格雷塔。"他说。

"那时我和他很亲密。"她说。

她的声音婉约、哀伤。加布里埃尔此时觉得要把她往自己希望的方向引领有多么无聊，他抚摸着她的一只手，同样悲伤地说：

"他怎么这么年轻就死了呢，格雷塔？肺结核，是吗？"

"我想他是为我而死的。"她回答说。

加布里埃尔听到这个回答，感到一阵莫名的恐惧，仿佛在这个他期待着取得最后胜利的时刻，有些不可捉摸的、渴望报复的势力突然向他袭来，在这个莫名其妙的世界里聚集起力量来对抗他。但他用理智努力摆脱了这种想法，继续抚摸着她的手。他没有再次问她，因为他觉得她会主动告诉他。她的手又热又湿，对他的抚摸没有任何反应，但他还是一如既往地抚摸着，就像在那年春天的一个早晨抚摸她写给他的第一封信。

"那是在冬天，"她说，"大约是在冬天开始的时候。当时我正要离开奶奶家，来这里的修道院。当时他在戈尔韦的住处病了，无法外出，人家写信通知了他在奥特拉德的家人。他的病情日益严重，人家说，差不多是这么个意思。确切情况我也不知道。"

她停了一会儿，叹了口气。

"可怜的家伙，"她说，"他很喜欢我，他是那么温柔的一个孩子。我们以前一起出去散步，你知道，加布里埃尔，就像人们在乡下时那样。要不是身体的原因，他会去学唱歌的。他的嗓子很好，可怜的迈克尔·弗雷。"

"好吧，然后呢？"加布里埃尔问道。

"然后到了我离开戈尔韦去修道院的时候，他的病情更糟了，我没法和他见面，所以我给他写了封信，说我要去都柏林，到夏天再回来，希望到那时他能好起来。"

她停了一会儿，稳住自己的声音，然后继续说道：

"然后在我离开的前一天晚上，我在修女岛的奶奶家里收拾行李，我听到有小石子扔到窗户上的声音。窗户太湿了，我什么也看不见，所以我跑下楼去，从后面溜到花园里，那个可怜的家伙待在花园的尽头，瑟瑟发抖。"

"你没叫他回去吗？"加布里埃尔问道。

"我恳求他立刻回家去，并告诉他淋雨会让他没命的。但

他说他不想活下去了。我现在能清清楚楚地看到他的眼睛！他
站在墙角，那里有一棵树。"

"他回家了吗？"加布里埃尔问道。

"是的，他回家了。我到修道院里只过了一个星期，他就
死了，被埋在奥特拉德，就是他的老家。啊，我听到他的死讯
的那一天哦！"

她停了下来，哽咽着，情绪激动，脸朝下躺倒在床上，
在被子里抽泣。加布里埃尔又握了一会她的手，犹豫不决，
然后害怕会打扰到她的悲伤，让她的手轻轻地垂落，悄悄地
走到窗前。

她睡熟了。

加布里埃尔靠在胳膊肘上，放肆地看了一会她纠结的头发
和半张的嘴，听着她沉沉的呼吸。所以说，她这辈子有这么一
段浪漫史：有个男人为她而死了。现在再想到自己在她的生活
中扮演着多么可怜的一个角色，他也几乎不觉得痛苦了。他看
着她睡觉，就像他俩从未像夫妻一样共同生活过。他好奇的目
光久久地停留在她的脸和头发上，当他想到她那时的样子，在
她拥有青春少女般的美丽的时候，他心中涌起了对她的一种既
奇怪又友善的怜悯。他甚至不想对自己说，她的脸庞已不再美
丽，但他知道它不再是迈克尔·弗雷愿意为之付出生命的那
张脸。

也许她没有把所有的故事都告诉他。他的目光移到椅子上，
椅子上挂着她的几件衣服。一条衬裙的腰带垂到了地上。一只

靴子直立着，柔软的靴筒倒了下来，另一只躺在它旁边。他对自己一小时前的激动情绪感到惊讶。它是从哪里来的？从他姨妈的晚餐，从他自己愚蠢的演讲，从喝酒和跳舞，从在大厅里说晚安时的那份高兴劲儿，从在下雪天沿着河滨散步的乐趣。可怜的朱莉亚姨妈！她自己很快也会变成一具亡魂，与帕特里克·莫根和他的马一样的亡魂。他看到了她憔悴的面容，在她演唱《打扮好了等待婚礼》的时候。不久以后，也许，他会坐在同一个客厅里，穿着黑色衣服，大腿上摆着绸缎帽。窗帘会拉下来，凯特姨妈会坐在他旁边，一边哭一边擦鼻子，一边给他讲述着朱莉亚是怎么死的。他会绞尽脑汁想出些话来安慰她，但他想出来的话肯定既空洞又无效。是啊，是啊，这种事情很快就会发生的。

房间里的寒气使他肩膀发冷。他小心翼翼地在被子下面把身体舒展开，躺在他妻子旁边。一个接一个，他们全都会变成亡魂。最好勇敢地走入彼岸的世界，在某种激情的光辉里，总比在年华老去、形容枯槁时要好。他想到躺在他旁边的那个女人这么多年来是如何把自己爱人的眼睛藏在心底里的，在他对她说自己不想活下去了时的他的眼睛。

加布里埃尔的眼睛里满含着泪水。他自己对任何一个女人从未有过这种感觉，但他知道这样的感觉一定是爱。泪水在他的眼睛里越聚越多，在半明半暗中，他想象着自己看到了一个年轻人站在一棵滴水的树下面，附近还有其他人的身影。他的灵魂已接近居住着浩瀚的死亡大军的疆域。他意识到了，但无法理解他们那任性的、飘忽不定的存在。他自己的存在也消失在一个灰色的、触摸不到的世界：这些亡魂曾经在这里成长过、生活过的尘世本身，正在慢慢融化，逐渐模糊。

窗玻璃上几下轻轻的响声，使他转向了窗户。又开始下雪了。他睡眼惺忪地看着银色和黑色的雪花，对着灯光倾斜地飘落。对他来说，是时候去西方旅行了。是的，报纸上说的对：整个爱尔兰都在下雪。雪花落在黑暗的中部平原的每一个角落，落在光秃秃的山岭上，轻轻地落在艾伦沼泽里，再往西一点，轻轻地落入黑暗的、涌动的香农河①。它也落在了山上孤零零的教堂墓地里，迈克尔·弗雷就葬在那里。它厚实地堆积在歪歪扭扭的十字架和墓碑上，堆积在小墓门的栏杆尖上，堆积在荒芜的荆棘地里②。他的灵魂渐渐昏沉，当他听着飞雪静静地飘落，静静地飘落于浩瀚的寰宇，飘落在每一个生者和死者的身上，宛如末日的降临。

---

① 爱尔兰最主要的一条大河，是爱尔兰东部和西部的一条分界线。

② 基督受难的三个象征。

图书在版编目（CIP）数据

都柏林人／（爱尔兰）詹姆斯·乔伊斯著；姜向明译 . — 桂林：广西师范大学出版社，2022.1
ISBN 978 – 7 – 5598 – 3854 – 4

Ⅰ . ①都… Ⅱ . ①詹… ②姜… Ⅲ . ①短篇小说-小说集-爱尔兰-现代 Ⅳ . ①I562.45

中国版本图书馆 CIP 数据核字（2021）第 105732 号

都柏林人
DUBOLIN REN

出　品　人：刘广汉
特约策划：木曜文化
责任编辑：刘　玮
助理编辑：陶阿晴
封面设计：李婷婷
广西师范大学出版社出版发行

（广西桂林市五里店路 9 号　　邮政编码：541004
网址：http://www.bbtpress.com）

出版人：黄轩庄
全国新华书店经销
销售热线：021 – 65200318　021 – 31260822 – 898
山东韵杰文化科技有限公司印刷
（山东省淄博市桓台县桓台大道西首　邮政编码：256401）
开本：890mm×1 240mm　1/32
印张：8　　　　　　字数：157 千字
2022 年 1 月第 1 版　　2022 年 1 月第 1 次印刷
定价：58.00 元
如发现印装质量问题，影响阅读，请与出版社发行部门联系调换。